Bernhard   Baader

Neugesammelte Volkssagen aus dem Lande Baden und den

angrenzenden Gegenden

Bernhard   Baader

Neugesammelte Volkssagen aus dem Lande Baden und den angrenzenden Gegenden

ISBN/EAN: 9783337352400

Hergestellt in Europa, USA, Kanada, Australien, Japan

Cover: Foto ©Andreas Hilbeck / pixelio.de

Weitere Bücher finden Sie auf **www.hansebooks.com**

Neugesammelte

Volkssagen

1

aus dem Lande Baden

und den

angrenzenden Gegenden.

Von

Bernhard Baader.

Zugleich als Nachtrag zu des Verfassers Werke: Volkssagen
aus dem Lande Baden &c.

―――――――――――

Karlsruhe.
A. Geßner'sche Buchhandlung.
1859.

Vorbericht.

Zu meinen »Volkssagen aus dem Lande Baden und den angrenzenden Gegenden« (Karlsruhe 1851) erscheint hier ein Nachtrag. Darin gebe ich mit gewissenhafter Treue wieder Sagen, die ich bis auf eine dem Volksmunde entnommen habe, und füge mehrere im Hauptwerke vorzunehmende Berichtigungen bei. Gerne hätte ich einen förmlichen zweiten Theil geliefert, aber bei meinem vorgerückten Alter war ich dazu außer Stande, und ich überlasse nun rüstigeren Kräften, aus unserem sagenreichen Lande weitere Schätze zu Tage zu fördern.

Karlsruhe, den 15. September 1858.

Bernhard Baader.

Inhaltsverzeichniß.

1.

Die Eisschreiber.

Als in einem kalten Winter der Bodensee zugefroren war, schrieben die Konstanzer dies Ereigniß, um es der Nachwelt kund zu thun, in die Eisdecke des Sees ein, die mit dem kommenden Frühjahr wieder zu Wasser wurde.

2.

Poppele beschenkt Arme.

In der Gegend von Hohenkrähen kamen zwei wandernde Handwerksbursche zu einer Kegelbahn, auf welcher der Spukgeist Poppele, der ihnen unbekannt war, allein Kegel schob.

Er lud sie ein, um Geld mitzuspielen, was sie auch, trotz ihrer wenigen Kreuzer, darum thaten, weil er lauter Goldstücke einsetzte. Nicht lange, so hatten die Bursche ihre Baarschaft verspielt. Um sie darüber zu trösten, schenkte er jedem einen Kegel. Der eine schnallte den seinigen sich auf's Felleisen, der andere aber warf den ihm gehörenden in's Gras weg, sobald sie dem Poppele aus dem Gesicht waren. Nach einer Weile wurde dem erstern das Felleisen so schwer, daß er durch seinen Gefährten nachsehen ließ, und siehe, der Kegel glänzte und war von gediegenem Golde. Unverweilt lief nun der andere Bursche auf den Platz zurück, wo er den Kegel hingeworfen, und sah ihn auch noch daliegen; aber als er ihn aufheben wollte, erhielt er von Poppele, der plötzlich dastand, eine tüchtige Ohrfeige, wobei derselbe sprach: »Den Kegel lässest Du liegen; Du hast ihn gehabt, warum hast Du ihn nicht behalten!«

Eine hochschwangere Frau von Schlatt bedachte unterm Grasen, daß sie bei ihrer Armuth und ihres Mannes Trunksucht im Wochenbett keine Labung haben werde, und that den Wunsch: der Geist Poppele möge ihr helfen. Da kam er, als Jäger, und fragte, was sie wolle. Nachdem sie ihm ihre Lage geschildert hatte, bat sie ihn um ein Fäßlein guten Weines. Er ließ sie gleich ein leeres von Haus herholen und füllte es dann aus einem andern, indem er sagte: »Den Wein laß Dir schmecken, und Du brauchst nicht damit zu sparen; aber Deinem Mann darfst Du keinen Tropfen geben!« Die

12

Frau machte es so und schenkte auch andern Armen von dem Weine, der im Fäßlein kein Ende nahm. Nachdem sie den Bitten ihres Mannes, ihm auch von dem Wein zu geben, lange widerstanden hatte, erlaubte sie ihm endlich, sich ein Krüglein voll zu holen; allein als er den Hahn des Fäßleins aufdrehen wollte, stand Poppele plötzlich da und gab ihm eine derbe Ohrfeige, mit den Worten: »Der Wein ist nicht für Dich, Du Verschwender! sondern für Deine Frau, die aber jetzt auch keinen mehr hat.« Das Fäßlein war nun leer und auf immer versiegt.

3.

Kirschen in Geld verwandelt.

Im Gemeindewaschhaus zu Stühlingen sah einmal eine Frau einen Haufen schöner Kirschen in einer Ecke liegen. Sie steckte davon ein Paar Handvoll für ihre Kinder ein, aber als sie sie daheim herauszog, waren sie in Dreibätzner verwandelt. Schnell begab sich die Frau in das Waschhaus zurück; allein sie fand dort weder Kirschen mehr, noch Geldstücke.

4.

Teufelsritze.

Am Vorabend von Nikolaus vermummten sich in Dittishausen zwölf Bursche als Pelznikel und gingen umher in die Häuser. Als sie auf die Wohnung eines gottseligen Mannes zukamen, bemerkte derselbe, daß es dreizehn seyen; in seiner Stube waren es dann nur zwölf und nachher auf der Straße abermals dreizehn. Dieses kam ihm so verdächtig vor, daß er sie an's Haus zurück rief und alle mit Weihwasser besprengte. Da fuhr der dreizehnte mit fürchterlichem Gebrülle davon in die Lüfte. Hierbei kratzte er in den Giebel des Nachbarhauses mehrere zollbreite, bogenförmige Ritze, welche durch den Verputz bis in den Stein gehen und nicht mehr vertilgt werden können.

5.

Das beschirmte Kruzifix.

Über dem Haupteingang der St. Blasier Kirche steht ein ehernes Kreuz mit vergoldetem Heiland. Dasselbe wollte die weltliche Regierung, als sie in den Besitz des Klosters kam, herunter nehmen lassen; allein es war nicht von der Stelle zu bringen, und der Arbeiter fiel herab und brach das Bein. Auf dieses ist man von der Wegnahme des Kruzifixes abgestanden.

6.

Spukgeist bei Ruchenschwand.

Franz Oberst zu Ruchenschwand erzählte:

Wenn ich beim Heimgehen von Oberalpfen nach dem Abendgeläute auf den Steg kam, fiel ich jedesmal hinunter in den Graben und hörte dabei einen Unsichtbaren meinen Namen rufen. Dann sah ich eines Sonntags, wo ich später als sonst zurückging, im Wald einen Schimmel allein umherlaufen. Nachdem ich ihm lange nachgejagt, fing ich ihn und ritt auf ihm unserm Orte zu, wohin er mir zu gehören schien. Aber in der Nähe des Grabens warf mich das Pferd plötzlich ab, verwandelte sich in ein schwarzes, zottiges Thier, und sprang in eine benachbarte Grube. Nun wußte ich, wer am Stege so oft mich gefoppt, und hütete mich fortan, nach der Abendglocke diesen Weg zu machen.

7.

Vorzeichen eines fruchtbaren Jahres.

Am Feste des heiligen Fridolin wird dessen Haupt zu
Säckingen in Prozession umhergetragen. Ist da diese
Reliquie schwer, so wird das Jahr ein fruchtbares.

8.

Mildthätiges Männlein.

Auf einem gewissen Berge der obern Rheingegend weidete ein Schäfer seine Heerde, und eben wollte er sein kärgliches Mittagsmahl verzehren, als er ein altes Männlein am Stabe auf sich zukommen sah. Dasselbe grüßte ihn und nahm seine Einladung, mitzuessen, an. Während sie beisammen saßen, erkundigte sich das Männlein nach des Schäfers Verhältnissen, und als es gehört, daß er viele Kinder und kein Vermögen habe, hieß es ihn, ihm folgen. Sie gingen nun auf dem Berge fort und gelangten zu einer großen, glatten Felswand, in welcher eine steinerne Thüre und über derselben ein rundes Loch war. Aus diesem holte das Männlein einen Schlüssel hervor, schloß damit die Thüre auf und trat nebst seinem Begleiter durch sie in eine Felsenkammer, worin zwei Kisten und auf einem runden Steintische eine Flasche standen. Auf Geheiß seines Führers schlug der Schäfer die Deckel der Kisten in die Höhe, deren eine mit Silber-, die andere mit Goldmünzen angefüllt war. »Nimm Dir nur«, sprach das Männlein, »von dem Gelde, so viel du willst; die Flasche aber mußt du stehen lassen, denn sie enthält die Goldtinktur!« Ohne zu säumen, pfropfte der Schäfer alle seine Taschen mit Goldstücken voll und folgte dann dem Männlein wieder aus der Kammer, welches deren Thüre zuschloß, den Schlüssel in das Loch legte und nach wenigen Schritten verschwand. In großer Freude brachte der Schäfer das Geld nach Hause, sparte es aber nicht, weil er dachte, sich leicht wieder anderes zu verschaffen. Als er nun keines mehr hatte, trat er getrost den Weg nach dem Felsen an, dessen Aussehen und Lage im Angesicht dreier Kirchthürme er sich wohl gemerkt hatte. Trotz alles Umhersuchens auf dem Berge konnte er aber weder den Felsen, noch die Stelle, von wo drei Kirchthürme zu sehen, wieder auffinden.

9.

Schatz gehoben.

Im Walde bei Brugg zeigte sich öfters unter einer Weißhasel ein nächtliches Lichtlein. Daraus schloß eine Frau, daß dort ein Schatz vergraben sey, und nahm sich vor, ihn zu heben. In dieser Absicht ging sie mit ihren beiden Söhnen nach verrichtetem Gebet um Mitternacht dahin. Sie hatten brennende Kerzen, Palmen und eine Ruthe von einer Weißhasel bei sich, was Alles geweiht war. Nachdem sie eine Weile dort gegraben, stießen sie im Boden auf einen schwarzen Hund, welcher auf einer eisernen Kiste saß. Er hatte feurige Augen und knurrte unaufhörlich. Ohne sich hierdurch schrecken zu lassen, schlugen sie mit der Ruthe so lange auf ihn, bis er sich in die Erde verkroch. Alsdann hoben sie die Kiste ungestört heraus und brachten sie nach Hause, wo sie dieselbe ganz mit altem Silbergelde gefüllt fanden.

10.

Hostie vor Entheiligung bewahrt.

Ein Mann in Brig, welcher für sehr fromm galt, verschied, nachdem er von einem der dortigen Jesuiten die Sterbsakramente empfangen hatte. In der Nacht nach seiner Beerdigung klopften um zwölf Uhr zwei schöne Jünglinge an die Pforte des Kollegiums und verlangten den Jesuiten, der die leere Hostienkapsel mitnehmen solle. Derselbe kam und wurde von ihnen nach Glis, wohin Brig eingepfarrt ist, auf den Kirchhof geführt. Dort öffneten sie das Grab und den Sarg des Mannes; letzterer richtete sich in die Höhe und machte den Mund auf, worin die heilige Hostie noch unversehrt auf der Zunge lag. Von dieser nahm der Pater, auf Geheiß seiner Führer, die Hostie in die Kapsel, worauf der Todte mit verzerrtem Gesicht in den Sarg zurücksank. Nachdem die Jünglinge das Grab wieder zugescharrt hatten, geleiteten sie den Jesuiten bis an die Pforte des Kollegiums, wo sie vor seinen Augen verschwanden. Da erkannte er, daß es zwei Engel waren. Bald nachher stellte sich heraus, daß der Verstorbene ein sündhaftes Leben geführt habe und seine Frömmigkeit nur Heuchelei gewesen sey.

11.

Die Basler Silberglocke.

Zur ersten Zwinglischen Predigt im Münster zu Basel sollte mit der alten, hochgeweihten Silberglocke geläutet werden; aber beim ersten Zuge fiel sie aus dem Thurm in den Rhein hinab. Man weiß die Stelle, wo sie liegt, und hat schon mehrmals versucht, sie herauszuziehen; es wird jedoch erst dann gelingen, wenn das Münster wieder eine katholische Kirche ist.

12.

Wie der Teufel in einen Mann kommt.

Auf dem Dinkelberg ward aus einer Besessenen der böse Geist getrieben, wobei er um die Erlaubniß bat, in einen Grashalm zu fahren. Nachdem er sie vom Priester erhalten hatte, sprach er: »So, nun wohne ich in vierzehn Tagen wieder in einem Menschen«. »Wie so?« fragte der Geistliche, und darauf antwortete der Teufel: »Der Grashalm, in welchen ich fahre, wird einer Kuh zu fressen gegeben; dadurch komme ich in sie und mit ihrer ungeseihten Milch in einen Mann, der von derselben aus dem Melkkübel trinkt«. Wirklich war in vierzehn Tagen der Mann, welcher in einer andern Gegend wohnte, vom bösen Geiste besessen.

13.

Geist gebannt.

In einem Haus auf dem Dinkelberg spukte der verstorbene Eigenthümer so arg, daß die Bewohner beschlossen, ihn fortzuschaffen. Zu diesem Zweck ließen sie nacheinander einige Geistliche kommen; aber keiner derselben vermochte über das Gespenst Herr zu werden. Endlich ward ein Priester von ausgezeichneter Frömmigkeit berufen, zu welchem der Geist gleich sagte: »Was willst Du mit mir, hast Du nicht auch einmal, beim Vorbeigehen an einem Rübenacker, eine Rübe herausgezogen?« »Ja, das habe ich gethan,« antwortete der Geistliche, »aber weißt Du nicht, daß ich nur die eine Hälfte aß und in die andere, welche ich zurückließ, einen Groschen steckte und damit die ganze Rübe übergenug bezahlte?« Auf dieses mußte das Gespenst schweigen und dann, auf des Priesters Beschwörung, sich in eine Flasche begeben. Dieselbe wurde nun zugedeckt und von einem rüstigen Mann in einem neuen Reff nach dem Feldberg, dem Bestimmungsort des Geistes, getragen. Unterwegs durfte der Mann nicht rückwärts sehen, keinen Schritt zurückgehen und das Reff nicht abstellen, obgleich die Flasche von Schritt zu Schritt schwerer wurde. Als er anfing, den Feldberg zu besteigen, rief hinter ihm eine Stimme: »He, ihr geht ja fehl, wenn ihr auf den Feldberg wollt, so müßt ihr den andern Weg einschlagen!« Betroffen schaute er um, und erblickte Niemand; aber im Augenblick war die Flasche weg und wieder in dem Hause. Auf's Neue mußte er sie von dort forttragen, diesmal jedoch machte er Alles recht und gelangte, von seiner Last fast erdrückt, auf den Gipfel des Feldbergs, wo das Gespenst zu bleiben gezwungen war. Auf diesen Berg sind noch viele Geister gebannt, welche nach Kreuzerhöhung Nachts das Vieh in den dortigen Ställen so arg plagen, daß die Hirten um diese

Zeit mit ihren Heerden den Berg verlassen müssen.

14.

Die Burg Rötteln.

Auf diesem verfallenen Bergschloß liegt viel Geld vergraben, bei dem ein Fräulein in weißem Kleid und Schleier umgeht. Am Tage sitzt sie öfters auf der Burgbrücke und spinnt, oder sie lustwandelt in der Umgebung des Schlosses. Von da hat sie einmal Kindern vergebens gewinkt, zu ihr zu kommen. Beim Mondschein wurde schon ein Unsichtbarer gehört, der, wie unter einer Last keuchend, nach der Burg ging. In dieser erscheinen in manchen Nächten gespenstige Lichter, auch schwebt zuweilen aus dem nahen Wald eine einsame Flamme herbei und fährt an der steilen Mauer hinauf und zu einem Erkerfenster hinein. Auf dem Burghof hat schon ein Mann eine mannsdicke, baumlange Schlange in der Sonne liegen sehen, und in früherer Zeit sind manchmal Nachts feurige Drachen von dem Schloß nach der Chrischonakapelle oder von dieser nach jenem geflogen. Daselbst befindet sich ein Kegelspiel, welches derjenige, der es fortnimmt, nicht behalten kann, sondern wieder herbringen muß. Was man in den Felsenkeller thut, wird in der Nacht von unbekannter Gewalt herausgeworfen. Von der Burg geht ein unterirdischer Gang, unter dem Wiesenfluß hinweg, in das Brombacher Schlößlein; er ist aber gegenwärtig großen Theils verschüttet.

15.

Die Häfnet-Jungfrau.

In dem Schlößlein zu Steinen wohnten vor Zeiten die
Zwingherren der Gegend. Die Tochter eines von ihnen war
so hoffärtig, daß sie nicht auf der bloßen Erde in die Kirche
gehen wollte und darum sich stets vom Schlößlein bis zum
Kirchhof, ja über denselben bis zum Gotteshaus einen
Dielenweg legen ließ, der mit Tuch oder Taffet bedeckt
werden mußte. Als sie gestorben und beerdigt war, stand
der Sarg in der nächsten Frühe außen an der
Kirchhofmauer, und eben so die zwei folgenden Morgen,
nachdem er jedesmal wieder auf dem Gottesacker
eingegraben worden war. Auf dieses lud man den Sarg auf
einen zweirädrigen Wagen, spannte an letztern zwei junge,
schwarze Stiere, welche noch kein Joch getragen, und ließ
sie laufen, wohin sie wollten. Stracks gingen sie auf den
Häfnetbuck, wo sie, im unwegsamen Wald, an einer Quelle
stehen blieben. Hier nun verscharrte man den Sarg, wo er
auch im Boden blieb; das Fräulein aber geht daselbst um,
und die Quelle heißt wegen ihr der
J u n g f e r n b r u n n e n. Bei Sonnenaufgang wäscht und
kämmt sie sich daran; aber auch Vorübergehende, die
schmutzig und ungestrehlt waren, hat sie schon in dem
Brunnen gewaltsam gereinigt und mit derben Strichen
gekämmt. Beim Schlößlein zeigt sie sich ebenfalls und pflegt
dort im Bach ihr Weißzeug zu waschen[1].

[1] Wie man sieht, sind in Hebel's Gedicht »Die Häfnet-
Jungfrau« die Hauptzüge der Sage beibehalten.

16.

Erdleute.

Als in der Höhle bei Hasel noch Erdleute wohnten, kamen sie nicht allein in dieses Dorf, sondern auch in die andern Orte der Umgegend. Die Erdweiblein brachten den Leuten von ihrem frisch gebackenen Kuchen, wiegten in Abwesenheit der Mütter die kleinen Kinder, fanden Abends mit ihren Rädern sich in den Spinnstuben ein, blieben aber nie länger, als bis zehn Uhr, weil sonst, wie sie sagten, ihr Herr sie zanke. Auch halfen sie und die Erdmännlein Hanf schleißen, das Vieh pflegen (welches dabei vorzüglich gedieh), die Frucht schneiden und in Garben binden. Hierbei sprang einmal einem der Männlein ein Knebel so heftig an den Kopf, daß es ein klägliches Geschrei erhob. Auf dieses liefen alle Erdleute aus der Nähe herbei und fragten, was geschehen sey; aber als sie es erfahren, gingen sie mit den Worten: »Selber than, selber han« wieder auseinander. Bei Hausen hatten sie eine kleine Höhle, die das Erdmännleinsloch hieß, und in die dortige Hammerschmiede kamen oft Nachts solche Männlein und arbeiteten wacker mit.

Ein anderes Erdmännlein pflegte bei Nacht in der Wehrer Mühle, wenn der Müller schlief, für ihn zu mahlen. Weil es immer so schlecht gekleidet war, ließ er ihm heimlich einen neuen Anzug machen, legte ihn Abends auf den Mühlstein und dann sich oben an eine Speicheröffnung, um das Männlein zu beobachten. Als dasselbe kam und die Kleider sah, zog es sie sogleich an, ging darauf hinweg und betrat die Mühle niemals wieder.

Für ihre Dienstleistungen begehrten die Erdleute nur hie und da Obst oder reinlich bereiteten Kuchen. Wo sie hinkamen, brachten sie Glück und Segen; durch Fluchen aber wurden sie augenblicklich vertrieben.

In dem Thälchen zwischen Wehr und Hasel war ein Erdloch, worin ein Mann einen Dachs vermuthete. Er ließ seinen Hund hinein und hielt einen offenen Sack hart an dasselbe. Nicht lange, so sprang etwas in den Sack, welchen der Mann sogleich zuband und, ihn auf den Rücken nehmend, davon ging. Plötzlich rief in der Nähe ein Erdmännlein: »Krachöhrle! wo bist du?« »Auf dem Buckel, im Sack!« antwortete aus diesem eine Stimme und belehrte so den Mann, daß er, statt eines Dachses, ein Erdmännlein gefangen habe, welches er dann ungesäumt in Freiheit setzte.

17.

Reiter mit Geisfüßen.

Ein Mann aus Zell erzählte. »Als ich in einer Winternacht auf dem Heimwege in der Hausener Hammerschmiede eingesprochen hatte, hörte ich nach 11 Uhr einen Reiter herankommen, in dem ich einen Begleiter zu finden hoffte. Ich machte die Thüre auf und sah im Scheine des Schmiedfeuers draußen einen Rappen vorbei schreiten, welcher seinen jenseits neben ihm gehenden Reiter fast ganz verdeckte. Nur so viel konnte ich wahrnehmen, daß derselbe Ziegenfüße habe. Neugierig folgte ich ihm bald und war, da er sehr langsam ritt, in Kurzem nicht mehr weit von ihm. Plötzlich stürzte er mit seinem Pferde links in den Straßengraben.

Erschrocken rief ich ihm zu, ob ich ihm helfen solle, erhielt jedoch keine Antwort, und im Graben war Alles mausstille. Da machte ich mich weiter; aber bald hörte ich den Reiter mir nachsprengen. Um ihn im Vorüberreiten zu betrachten, blieb ich stehen, allein da hielt auch er, bis ich wieder fortging. Eben so machte er es, als ich bei der Ziegelhütte ihn erwartete. An der Zeller Kapelle stellte ich mich zum dritten Male auf, um ihn beschauen zu können; aber sobald er in ihre Nähe kam, warf er schnell sein Pferd herum und jagte das Thal hinunter, daß die Funken umher stoben. Jetzt wußte ich, daß der Reiter ein böser Geist sey, welchen das Gotteshäuslein davon scheuchte.«

18.

Zigeuner.

Es mag hundert Jahre her seyn, daß im obern Wiesenthal eine Sippschaft von fünf Zigeunern sich umher trieb. Sie besuchten besonders die einsamen Höfe und ernährten sich mit Wahrsagen, Betteln und Stehlen. Dies Letzte erleichterten sie sich dadurch, daß die Einen mit einem Tonwerkzeug die Leute in die Stube lockten, und während sie ihren Marsch spielten, welcher lautete:

>Tummelt euch drin,
Tummelt euch draus!«

konnten die Andern in Küche und Keller ungestört einpacken.

Eines Nachmittags begehrte das Zigeunerweib von einer Bäuerin Milch, und als dieselbe antwortete, sie habe keine, sprach das Weib im Fortgehen: »So sollt ihr auch keine haben!«

Beim Melken am Abend erhielt die Bäuerin von ihren sämmtlichen Kühen keinen Tropfen Milch. Wegen all dieses Unfugs ließ endlich die Obrigkeit die Zigeuner in Zell einsetzen und verurtheilte sie zum Tode.

Unter starker Bedeckung wurden sie aus dem Gefängniß geführt, um zum Hochgericht zu gehen; allein kaum hatten sie die bloße Erde betreten, so waren sie verschwunden. Durch eine weit verbreitete Streife fing man sie zwar wieder ein; aber als man sie hinrichten wollte, ging es gerade wie das vorige Mal. Hierdurch sicher gemacht, ließen die Zigeuner nach einiger Zeit sich wieder in der Gegend sehen, und da sie ihr früheres Unwesen fortsetzten, wurden sie von Neuem festgenommen. Damit sie jedoch nicht auch

diesmal der verdienten Strafe entgehen möchten, ließ man
sie nicht mehr die blose Erde betreten, sondern brachte sie
über eine Brücke aus dem Gefängniß auf den Sünderkarren,
und ebenso von diesem auf das Blutgerüst. Weil unter ihnen
eine Jungfrau von außerordentlicher Schönheit war, ließ die
Obrigkeit ausrufen: Wenn Jemand das Mädchen heirathen
wolle, so solle er vortreten und sie in Empfang nehmen; es
würden ihr dann Leben und Freiheit geschenkt. Nicht ohne
Hoffnung sah die Jungfrau sich nach einem Retter um; aber
aus Furcht vor ihrer Heidenkunst meldete sich Keiner, und
so ward sie, mit den vier andern Zigeunern, enthauptet. Die
Wiese, auf welcher dies geschehen, wird davon noch heute
die H e i d e n m a tt e genannt.

19.

Zaubermelkerei.

Ein Steinhauer aus Zell erzählte: »Ehe ich Meister war, schaffte ich eines Winters in einer Steingrube bei Rheinfelden. Neben mir arbeitete ein Geselle, der, wenn er Durst hatte, seinen Spitzhammer in den Gerüstbalken schlug, auf dem sein Arbeitsstein lag, sodann aus dem Stiele des Hammers Milch in seinen Filzhut molk und daraus nach Herzenslust trank. Als er mir auch einmal zu trinken anbot, dankte ich, weil ich nicht wisse, was das für Milch sey, und darauf erwiderte er: ›Dies ist gewöhnliche Kuhmilch; der Bauer, welchem die Kuh gehört, weiß aber nicht, warum sie ihm so wenig Milch gibt, und noch weniger, daß er mich, einen Steinhauer, zum Melker hat.‹«

20.

Fronfastenweiber.

In Zell hatte ein Adelsberger Mann für seine niedergekommene Frau ein Fäßlein guten Weins gekauft, und wollte es in der Nacht heimtragen. Unterwegs sah er aus der Ferne einige Frauen herbeikommen, die er an ihren weißen Schleiern für Fronfastenweiber erkannte. Schnell verbarg er das Fäßlein in den Weggraben und sich selbst eine Strecke davon hinter eine Staude. Als die Weiber zu dem Fäßlein kamen, lagerten sie sich um dasselbe, tranken lustig daraus und entfernten sich erst nach einer guten Weile. Betrübt ging nun der Mann zu dem Fäßlein, welches er halb ausgetrunken wähnte; allein beim Aufladen fand er es nur wenig leichter geworden. Zu Hause zapfte er lange Zeit daraus, und als es gar nicht leer werden wollte, schaute er endlich hinein: da war nichts mehr darin. Ohne das Hineinsehen wäre aber das Fäßlein niemals leer geworden.

21.

Brennende Männer.

Auf den Matten und Äckern des Wiesenthales erscheinen in manchen Nächten b r e n n e n d e M a n n e n, die bei ihren Lebzeiten durch Versetzung der Marksteine ihre Grundstücke betrügerisch vergrößert haben. Mit Blitzesschnelle fahren sie von einem Ort zum andern, springen den Leuten, die etwas tragen, darauf, und lassen sich mit fortschleppen. Einem Bauer von Freiatzenbach, welcher mit einem Sacke Mehl aus der Zeller Mühle heimging, setzte sich ein solches Gespenst auf den Sack und ließ sich, immer schwerer werdend, bis an dessen Hausthüre tragen. Als dieselbe auf des Bauers Klopfen von seiner Frau geöffnet worden, rief letztere aus: »Was Teufels hast du denn auf dem Sacke?« Da verließ das Gespenst den Bauer, welcher wohl gemerkt hatte, daß er außer dem Mehle noch einen brennenden Mann auf dem Rücken habe.

22.

Goldtinktur.

Vor sechszig Jahren lebte in Käsern ein Mann, welcher die
Goldtinktur aus Amerika mitgebracht hatte. Er arbeitete
nichts, lag Tag und Nacht in den Wirthshäusern und spielte
um Goldstücke, die sein gewöhnliches Geld waren. Wenn er
solches bedurfte, kaufte er auf dem Werke zu Hausen
Eisenstäbchen, verwandelte sie durch Bestreichung mit der
Tinktur in Gold und ließ sich daraus in Basel Münzen
schlagen.

23.

Geist unter der Hölzlesbrücke.

Unter dieser Brücke muß eine Vierthälerin als nächtlicher Geist waschen, weil sie bei ihren Lebzeiten es oft Sonntag Vormittags gethan hat. Leute, welche sie neckten, wurden schon von ihr in's Wasser getaucht und tüchtig gewaschen und gestrehlt.

24.

Heiligkeit des Sonnabends.

Wenn früher die Bergleute Samstag Abends in den Gruben der Kanderner Gegend arbeiteten, so kam stets das dortige Bergmännlein und verjagte sie.

25.

Scherben werden zu Goldstücken.

Ein Holzhauer von Egerten, welcher unweit der
versunkenen Stadt Nebenau im Wald arbeitete, sah am
Mittag ein Mädchen mit einem Korbe auf dem Kopfe
herbeikommen. In der Meinung, es sey eine Bekannte, die
ihren in der Nähe beschäftigten Leuten das Essen bringe,
rief er ihr mit Namen, und sogleich ließ sie den Korb fallen
und lief von dannen. Voll Verwunderung ging er zu dem
Korbe, fand aber nichts, als zerbrochenes Porzellangeschirr.
Von diesem steckte er für seine Kinder viele Stücklein ein,
die, als er sie zu Hause herauszog, lauter Goldmünzen
waren. Sogleich eilte er in den Wald, um die übrigen
Scherben zu holen; allein dieselben waren nicht mehr
vorhanden.

26.

Sitzenkirch.

Als die drei jungen Ritter von Kaltenbach in's Kloster gingen, fragte sie ihre Schwester, was sie nun machen solle. »Sitz in d'Kirch und bete!« erhielt sie von ihnen zur Antwort. Auf dieses stiftete das Fräulein im benachbarten Thale ein Frauenkloster und nahm darin den Schleier. Wegen der Rede ihrer Brüder gab sie dem Gotteshaus den Namen S i t z e n k i r c h , der auch auf das Dorf, welches später dort entstanden, übergegangen ist.

27.

Die Sausenburg.

Diese Burg, gewöhnlich das Sausenharder Schloß genannt, liegt auf einem waldigen Berge und ist nicht mehr bewohnbar. Von ihr haben unterirdische Gänge nach Bürgeln und den Klöstern zu Sitzenkirch und in der Neuenbürg sich gezogen. Bei Nacht schweben in ihr blaue Lichter umher, und da, wo sie erlöschen, liegen Schätze vergraben. Auch eine weiße Jungfrau mit einem Bund Schlüssel spukt daselbst, welche schön singt und an dem Brünnlein unterhalb des Schlosses sich zu waschen und zu kämmen pflegt. Manchmal geht sie nach der Neuenbürg und von da nach Bürgeln. Bei dem Burggärtlein begegnete sie eines Tages einem Mann aus Sitzenkirch und sagte ihm, seine Haare seyen nicht gekämmt, er solle heimgehen und dieselben strehlen, was er auch eilig that.

Einem andern Mann, der Nachts zwischen elf und zwölf unterm Schloß vorbeifuhr, rief sie dreimal: »Komm herauf!« und da er ihr nicht folgte, jammerte sie: daß erst in hundert Jahren ein Kind geboren werde, welches wieder sie erlösen könne.

Als sie einst in der Frühe von einem Kanderner Jungen, welcher bei der Burg Vieh hütete, Brod begehrte, erhielt sie von ihm zur Antwort, er habe keines. Hätte er »Helf Dir Gott« zu ihr gesagt, so hätte er ihre Erlösung bewirkt.

Am Morgen des Charfreitags kam sie auf dem Schlosse zu einem Burschen aus Vogelbach und bot ihm eine große Schachtel dar, mit den Worten: »Nimm sie hin, dann machest Du mich und Dich glücklich!« Ohne die Schachtel zu nehmen, ergriff der Bursche die Flucht, worauf er die Jungfrau klagen hörte, daß sie nun noch lange, lange leiden müsse.

Ein anderes Mal sahen Vorübergehende, daß die weiße
Jungfrau die Schachtel aus einem Burgfenster heraushielt;
aber als sie hingingen, verschwanden Jungfrau und
Schachtel. Andern Vorbeigehenden sind von ihr kleinere
Schachteln voll Geld zugeworfen worden. Buben, welche
ihr den Weg verunreinigten, hat sie ihren Bund Schlüssel
um die Köpfe geschlagen, und andere Knaben, die ihr Übles
nachredeten, haben von unsichtbaren Händen Ohrfeigen
bekommen.

In einer Nacht gruben vier Männer auf einem Platze des
Schlosses stillschweigend nach einer Kiste voll Geld und es
gelang ihnen, sie in einiger Tiefe aufzufinden. Hierauf
stiegen zwei hinab und banden an die Kiste ein Seil, woran
die beiden andern dieselbe heraufzuziehen begannen.
Plötzlich bemerkte der eine, daß über ihnen ein Mühlstein
an einem Bindfaden hing, und ein Männlein, das auf dem
Steine saß, mit einer Scheere nach dem Faden fuhr, um ihn
zu durchschneiden. »Halt, der Mühlstein fällt herunter!« rief
der Mann im Schrecken, und sogleich waren Kiste,
Mühlstein und Männlein verschwunden.

An einer andern Stelle sah ein Knabe ein Häuflein
glühender Kohlen, worum auch schwarze lagen. Von den
letztern steckte er mehrere ein und fand sie zu Hause in Geld
verwandelt.

Ebenso wurden Spreuer, die ein Vogelbacher Bube von
einem Haufen in der Burg wegnahm, in seiner Tasche zu
Goldstücken.

Während ihre Ziegen unter dem Schlosse weideten, gingen
einige Jungen auf dasselbe, wo sie eine Menge schöner,
bunter Schneckenhäuslein umherliegen sahen. Als sie
davon einsteckten, rief eine Stimme: »Jaget die Geisen aus

dem Haber!« Sogleich liefen die Knaben zu den Ziegen, die aber ihren Weideplatz nicht verlassen hatten. Auch war weit und breit Niemand, von dem der Ruf hätte herrühren können. Zu Hause fanden die Buben die Schneckenhäuslein in Münzen verwandelt, auf der Burg aber, wohin sie gleich wieder eilten, kein einziges mehr.

Vor neun Jahren kam am Engel zu Sitzenkirch ein Basler Herr mit seinen erwachsenen Kindern, einem Sohn und einer Tochter, angefahren und fragte unverweilt nach einem Knaben, der sie auf die Sausenburg führe. Mit demselben gingen sie dann hinauf, wobei sie selbst eine Schachtel trugen, die sie mitgebracht hatten. Oben angekommen, knieeten die Drei von Basel zum Gebet nieder und ließen nachher aus der Schachtel ein Eichhörnchen laufen. Hierauf begaben sie sich in den Engel zurück und fuhren, nachdem sie eine Flasche Wein getrunken, wieder hinweg. Diese Geschichte verursachte in der Gegend viel Gerede. Manche sagten, das Eichhörnchen sey die weiße Jungfrau gewesen, die der Basler in seiner Gewalt gehabt und wieder freigelassen habe; Andere dagegen erklärten dasselbe für einen Hausgeist, welcher in diese Gestalt beschworen und auf das Schloß gebannt worden sey.

28.

Kraft des Wolfssegens.

Als in den Waldungen der Sirnitz noch Wölfe hausten, pflegte ein Schafhirt, welcher dort seine Heerde weidete, täglich beim Austreiben unterm freien Himmel niederzuknieen und den Wolfssegen zu beten. In Folge dessen ließen die Wölfe nicht allein die Schafe unangefochten, sondern sie mischten sich sogar unter sie und thaten mit ihnen ganz freundlich. Wenn der Hirt sie fort haben wollte, so durfte er nur mit seiner Peitsche knallen: sie liefen dann ungesäumt weg und kamen an demselben Tage nicht wieder. Für ihr gutes Verhalten mußte ihnen jedoch aus der Heerde ein Opfer überlassen werden. Dazu bestimmte der Schäfer eine junge Ziege, die er mit einer Schafglocke behängte und seiner Heerde zugesellte. Als sie hübsch groß und fett geworden, sah eines Tages ein Wolf, der neben ihr saß, bald sie mit gierigen, bald den Hirten mit bittenden Augen an. »So nimm sie denn!« dachte dieser bei sich, und im Augenblick faßte der Wolf die Ziege, erwürgte sie und, nachdem er dreimal mit ihr im Kreis herumgesprungen, warf er sie auf seinen Rücken und jagte dem Wald zu. Alle andern Wölfe rannten ihm nach, und als sie tief im Gehölz waren, theilten sie getreulich unter sich ihr Opfer.

29.

Kind von Gold.

Am Mittag wollte ein Bursch, der einsam auf dem Limberg Geißen hütete, sich auf einen Steinhaufen zum Essen setzen, da sah er auf demselben ein kleines Kind liegen, welches ganz von Gold war. Voll Freude hob er es auf, wickelte es in seine Jacke und trieb dann sein Vieh heimwärts. Nicht lange, so blieben einige Geißen zurück, er legte seinen Fund ab und holte sie schleunig herbei. Nun wollte er das Kind wieder nehmen, aber obgleich Niemand auf den Platz gekommen, war es verschwunden.

Nach der Aussage einer Münsterthaler Frau, die sich des Erdspiegels bedient, liegt das goldene Kind jetzt im Limberg; es wird aber noch von einem gefunden, welcher eine weiße Wolljacke anhat.

30.

Kreuz zu St. Trutbert.

In St. Trutbert ist ein silbernes Kreuz, beiläufig zwei Schuh hoch, das auf der einen Seite den gekreuzigten, auf der andern den weltrichtenden Heiland zeigt, und einen Kreuzpartikel einschließt. Dasselbe nahmen einmal die Gläubiger des Klosters weg, um sich bezahlt zu machen; allein sie konnten es nur bis Kropbach, durchaus nicht weiter, bringen. Auf Dieses gaben sie es dem Kloster zurück und erließen demselben seine ganze Schuld.

31.

Geld in Asche verwandelt.

Im Münsterthal stieß einst ein Mädchen beim Graben auf einen Hafen voll Silbermünzen. Ungesäumt trug sie ihn heim, fand aber dort, statt des Geldes, lauter Asche darin. Hätte sie, gleich bei Findung der Münzen, etwas Geweihtes darauf gelegt, so würden sich dieselben nicht mehr haben verwandeln können.

32.

Brandkorn wird zu Gelde.

In einem Hungerjahr kamen zwei arme Kinder, ein Mädchen und sein Bruder, aus dem Münsterthal zu einem reichen Bauer und baten ihn um Brod. Barsch abgewiesen, warteten sie vor dem Hause, bis das Tischtuch zum Fenster hinaus ausgeschüttelt wurde, wo sie dann die Bröslein auflasen und verzehrten. Hierauf gingen sie in die Scheuer, worin gedroschen ward, und suchten die Brandkörner zusammen, um sie ihren Eltern zu bringen. Auf dem Heimweg wurde dem Mädchen die Schürze und dem Buben die Kappe, worin sie das Brandkorn trugen, sehr schwer, und als sie sie zu Hause ausleerten, fiel zu ihrer und ihrer Eltern großen Freude lauter Geld heraus. Nachdem der reiche Bauer dies erfahren hatte, ließ er die übrigen Brandkörner auch sammeln und aufbewahren; allein dieselben wollten sich nicht in Geldstücke verwandeln.

33.

Messen nachgeholt.

Zu Staufen schlief einmal ein Knabe unter dem Abendgottesdienst ein und wurde beim Zuschließen der Kirche nicht bemerkt. Er erwachte erst in Mitte der Nacht und sah am Altar einen Geistlichen im Meßgewand, der ihm winkte, hinzukommen. Unerschrocken ging der Bube zu ihm und diente, auf dessen Begehren, ihm Messe. Als sie zu Ende war, sagte der Priester dem Knaben, er solle morgen um dieselbe Zeit sich wieder hier einfinden. In der Frühe vom Küster aus der Kirche gelassen, offenbarte der Bube das Geschehene alsbald dem Pfarrer, der ihm rieth, dem Begehren des Geistes in Allem zu willfahren, demselben jedoch, wenn er sich bedanke, nicht die Hand, sondern den rechten Rockflügel zu reichen. Diesem folgend, diente der Knabe in der nächsten Nacht dem Priester abermals Messe und, auf dessen Bestellung, auch in der dritten Nacht. Nachdem das letzte Evangelium gelesen war, sprach der Geist zu dem Buben Folgendes: »Aus meinem Leben her war ich noch schuldig, drei Messen zu lesen, und ich konnte nicht zur ewigen Ruhe gelangen, bis ich sie abgehalten. Durch Dich ist mir dieses nun möglich geworden; ich danke Dir dafür und gehe jetzt ein in die Seligkeit, wohin Du mir bald folgen wirst.« Hierauf legte er seine Hand auf den Rockflügel, welchen der Knabe ihm hinhielt, und verschwand. In den Rock hatte sich die Hand schwarz eingebrannt, weßhalb er, als Merkwürdigkeit, in der Kirche aufbewahrt wurde. Der Bube war fortan stets in sich gekehrt und bereitete sich zu seinem Tode, welcher auch in kurzer Zeit erfolgte.

34.

Weiße Jungfrau.

Vor sechszig Jahren sah ein Bube vom Rothenhof, als er zum ersten Male mit dem Vieh in den dortigen Bergwald fuhr, auf dem Troge des Tränkbrunnens eine weiße Jungfrau sitzen, die ihm hinwinkte. Erschrocken eilte er auf den Weideplatz zu den andern Hirtenknaben und erzählte ihnen, was ihm begegnet. Sie sagten ihm, die weiße Jungfrau sey schon oft da gesehen worden, und wenn sie ihm wieder winke, solle er nur zu ihr gehen. Am andern Tage that er dies und wurde von ihr mit folgenden Worten angeredet. »Du kannst mich aus diesem Gebirge befreien, in welchem ich schon zweihundert Jahre umgehe, und mir zum Himmel verhelfen. Komm' heute Nacht um zwölf Uhr wieder hierher, dann wirst Du von mir erfahren, was Du zu meiner Erlösung zu thun hast!« Nach diesem war sie verschwunden. Zur bestimmten Zeit kam der Bube zu dem Brunnen, auf dessen Trog der Geist wieder saß und sprach: »Geh' jetzt dort in den Wald und hole mir den goldenen Kelch her, den Du unter einer großen Tanne finden wirst. Es geschieht Dir kein Leid; Du darfst aber weder ein Wort sprechen, noch Dich durch etwas irren oder schrecken lassen. Habe ich den Kelch, dann fülle ich ihn hier am Brunnen, trinke ihn aus und bin erlöst.« Gutes Muthes machte sich der Knabe auf den Weg und kam richtig zur Tanne, worunter der Kelch sich befand. Da hörte er in der Luft ein Gesause; er blickte empor und sah über sich einen großen Mühlstein[2] an einem dünnen Faden hängen, welcher sich schnell herumdrehte und auf ihn herabzustürzen drohte. Voll Schrecken stieß er einen Schrei aus und floh über Hals und Kopf zum Brunnen zurück. »Nun ist es um meine Erlösung geschehen!« klagte die Jungfrau, »und ich muß wieder warten, bis die kleine Tanne hier zu einem Sägbaum geworden und aus seinen frisch geschnittenen Brettern eine Wiege für ein neugeborenes Kind gemacht ist. Wenn dasselbe dann Dein jetziges Alter erreicht hat, so wird es mich von meinem Leiden befreien.« Hierauf verschwand die Jungfrau, welche in der Folge wieder öfters am Brunnen gesehen worden ist.

[2] Andere sagen: ein gewaltiges Schwert.

35.

Geist nieset.

Drei Männer aus Krotzingen gingen einst Nachts von Staufen nach Hause. Im Hohlweg hörten sie zweimal stark niesen; »Helf' Gott!« sagte jedesmal der eine, aber als es zum dritten Male nieste, sprach er: »Wenn Dir Gott nicht hilft, so helfe Dir der Teufel!« Da rief eine klägliche Stimme: »Hättest Du noch einmal ›helf' Gott‹ gesagt, so wäre ich jetzt erlöst, nun aber bin ich ewig verdammt!« und verhallte dann in Jammertönen[3].

[3] Der Schluß dieser Sage ist eben so ungewöhnlich, als unkatholisch.

36.

Der Hunnenfürst mit dem goldenen Kalb.

Bei einem Einfall in Deutschland kamen die Hunnen nach Schlatt, zerstörten das Frauenkloster bei dem Heilbrunnen und den größten Theil des Dorfes. Zwischen diesem und dem Rheine trafen sie das Heer der Deutschen und erlitten eine völlige Niederlage. Ihr Fürst fiel in der Schlacht; er wurde von ihnen in einen goldenen Sarg gelegt, den ein silberner und letzteren ein hölzerner umschloß, und mit seinen Schätzen und einem lebensgroßen goldenen Götzenkalb drei Stunden von der Hochstraße beerdigt. Über dem Grabe errichteten sie einen mächtigen Hügel und rechts und links, in geringen Entfernungen, je einen kleinern, damit die Feinde nicht wissen sollten, wo der Fürst begraben sey. Noch immer ist dieser mit allen den Kostbarkeiten unaufgefunden. Auf dem Schlachtfelde läßt in manchen Nächten Kampfgeschrei und Waffengetös unsichtbarer Streiter sich hören[4].

[4] Diese Erzählung ist genauer, als die unter Nr. 41 des Hauptwerkes mitgetheilte.

37.

Geistige Nonne.

Die Stifterin des ehemaligen Klosters der Lazaristinnen zu Schlatt erscheint noch dort in manchen Nächten. In ihrer Ordenstracht, mit goldglänzenden Schuhen, geht sie schweigend, die Hände übereinander gelegt, von dem Platze des Klosters durch das Herrengäßlein in die Herrenreben. Wer ihr über seine r e c h t e Schulter nachschaut, dem verschwindet sie sogleich, wer es aber über die l i n k e thut, der sieht sie bis in die erwähnten Reben.

38.

Geld sonnt sich.

Während der Mittagsruhe sahen einmal die Steinbrecher von Biengen auf dem nahen Schlatter Rebberg einen schimmernden Haufen liegen. »Heute ist der erste März, da sonnen sich die Schätze,« sprach einer von ihnen und eilte nach dem Berge. Dort fand er nur thönerne Scherben und nahm einige zu seinen Genossen mit. Diese zerschlugen sie in kleine Stücke, deren er etliche einsteckte, um sie seinem Meister zu zeigen. Als er dies am nächsten Morgen thun wollte, fand er statt ihrer zerschlagene Silbermünzen, auf dem Berg aber, wohin er sogleich lief, keine Scherben mehr und keine Geldstücke.

39.

Geldmännlein.

In Hausen an der Möhlin hatte eine Frau ein sogenanntes Geldmännlein. Dies war eine lebende Kröte, welche sie in einer Schachtel aufbewahrte, täglich in einem Glase Rothwein badete und dann dasselbe austrank. Jeden Abend legte sie einen Thaler zu der Kröte in die Schachtel, und am andern Morgen konnte sie stets zwei solcher Geldstücke herausnehmen. Nachdem sie so sich genug Vermögen gesammelt, suchte sie das Geldmännlein zu verschenken, allein sie brachte es nicht an und starb endlich, ohne es los geworden zu seyn. Da füllte sich gleich das Haus mit schwarzen Katzen, deren eine bei dem Leichnam sitzen blieb, bis er begraben wurde. Auch nachdem dies geschehen war, tobten die Katzen in dem Hause umher, und da sie auf keine Weise hinaus gebracht werden konnten, ward es von seinen Bewohnern verlassen. Viele Jahre stand es leer, endlich wurde es ganz neu hergestellt, und seitdem sind die Katzen daraus verschwunden.

40.

Todter von Erde und Wasser ausgeworfen.

Ein Geizhals in Munzingen hatte viel Geld zusammengescharrt und der Gemeinde Felder und Gerechtsamen wiederrechtlich entzogen. Nach seinem Tode litt ihn die Erde nicht in sich, sondern stieß allnächtlich den Sarg aus dem Grabe. Ebenso wenig duldete ihn das Wasser; denn als man die Todtenlade durch den Bach in den Rhein flößen wollte, warf jener sie alsbald an das Ufer.

Auf dieses wandte man sich an einen frommen Priester, welcher dann den Geist des Verstorbenen herbei beschwur. Derselbe erschien in Gestalt eines kleinen Schweines; er ward in einen Kasten gesperrt und auf einen vierspännigen Wagen geladen. Mit diesem mußte nun so lange im Land umhergefahren werden, bis ein dazu bestimmter namhafter Geldbetrag verbraucht war. Nur Nachts durfte die Fahrt geschehen, wobei der Wagen oft so schwer wurde, daß die Pferde ihn kaum fortbrachten. Bergab hatte er Vorspann, bergauf den Hemmschuh nöthig. Seinen Führern war auferlegt, daß Geld möglichst bald auszugeben. Zu dem Ende kehrten sie in jedem Wirthshause ein, bezahlten die kleinste Dienstleistung, durften aber nie mehr geben, als gefordert wurde. Dem Schweine ward täglich Fressen vorgesetzt, und es auch stets von ihm verzehrt. Nachdem das Geld verbraucht war, fuhr der Wagen wie jeder andere, und kehrte nach Hause zurück. Daselbst ließ der Priester den Geist wieder frei und den Sarg mit dem Leichnam in das Grab legen. In diesem konnte er nun bleiben, da auch von des Verstorbenen Erben der Gemeinde ihr entzogenes Eigenthum zurückgegeben worden war.

41.

Todtenvorschau.

Ein Nachtwächter in Ober-Rimsingen pflegte allnächtlich, wenn er beim Ausrufen der Stunden an die Kirche kam, knieend ein Vaterunser zu beten. Während dessen sah er stets diejenigen Ortsbewohner, welchen binnen vierzehn Tagen der Tod bevorstand, auf den Plätzen des Kirchhofs knieen, wo sie nachher begraben wurden.

42.

Hexe als Hase.

Gegen Ende des vorigen Jahrhunderts war Joseph Klingler herrschaftlicher Jäger in Ober-Rimsingen und als trefflicher Schütze bekannt. Eines Tages sah er auf dem Felde einen Hasen sorglos in seine Nähe kommen, er schoß auf ihn, bekam von seinem Gewehr einen heftigen Stoß, und der Hase hüpfte unverletzt von dannen.

Nachdem ihm dies noch einige Mal begegnet, wandte er sich an die Kapuziner in Staufen. Von denselben erhielt er eine kleine Ladung geweihten Pulvers mit der Weisung, dazu nur solche Schrote zu nehmen, die nicht tödten könnten. Er that es, und als bald nachher der Hase wieder gegen ihn kam, schoß er auf ihn, ohne vom Gewehr gestoßen zu werden. Da floh derselbe im schnellsten Laufe nach dem Dorfe, und als der ihm nacheilende Jäger auch dahin kam, hörte er, daß der Arzt zu der Frau des Vogtes geholt werde, die einen Schrotschuß empfangen habe. Jetzt wußte er, wer der Hase gewesen, welchen er fortan nicht wieder zu Gesicht bekam.

43.

Die Grüninger Kapelle.

Im Jahr 1807 mußte dieses Kirchlein nach dem Willen der Herrschaft und des Pfarrers eingehen. Dieser und der Verwalter hoben selbst das Altarblatt weg, und letzterer rief den Arbeitern, welche sich scheuten, die Gelübdebilder abzunehmen, höhnisch zu: »Werft die Kerle herunter, daß sie die Beine brechen!« Am folgenden Tage wollte er, in Hausen an der Möhlin, eine Leiter hinaufsteigen, aber auf der zweiten Sprosse glitt er aus und brach den einen Fuß so stark, daß derselbe nach der Heilung, wie ein Thierfuß aussah. Auch der Pfarrer wurde alsbald von einer anhaltenden Krankheit heimgesucht. Nachdem er zwei Jahre vergebens alle Mittel gegen sie angewendet, bat er eines Sonntags die versammelte Gemeinde, ihm die Kapelle wiederherstellen zu helfen, da er es allein nicht vermöge. Mit Freude ward diese Hilfe geleistet; bald stand das Kirchlein schöner da, als zuvor, und am Tage der Einweihung war die Krankheit des Pfarrers auf immer verschwunden.

Einige Zeit nachher zeigte sich in mehreren Nächten das Innere der Kapelle von wunderbarem Glanz erleuchtet. Zwei Rheinwächter sahen beim Heimgehen diese Erhellung und beschlossen, in das Kirchlein zu schauen. Zu dem Ende ließ sich der eine vom andern zu einem Fenster emporheben; aber kaum hatte er hineingeblickt, so verlangte er voll Schrecken wieder hinab. Auf die Frage: was er in der Kapelle gesehen habe – antwortete er nur: »Schaut selbst!« und am dritten Tage war er eine Leiche.

44.

Der Schatz im Ambringer Grunde.

Auf dem S c h l o ß b e r g im Ambringer Grunde stand vor Zeiten eine stattliche Burg, und in der Nähe war ein dazu gehörendes Bergwerk. Dasselbe lieferte an Gold und Silber so reiche Ausbeute, daß die Burgherren in einem unterirdischen Gewölbe große Schätze aufhäufen konnten. Darunter befanden sich neun silberne Kegel und drei goldene Kugeln, womit die Bergleute an Festtagen, nach der Vesper, zu spielen pflegten. Der Schlüssel des Gewölbes war von Gold und hing auf dem Altar der Schloßkirche, an dem goldenen Standbilde ihres Schutzheiligen Martin. Eine halbe Stunde von der Burg wohnte in einer Waldklause, an dem Ursprung der Felsenquelle, ein Einsiedler Namens Heini, welcher auf dem Schlosse gut bekannt war. Plötzlich wurde dieses in der Nacht von Feinden angegriffen und nach kurzer Gegenwehr eingenommen. Während sie darin raubten, alle Bewohner ermordeten und es den Flammen Preis gaben, gelang es dem Einsiedler, das Standbild des heiligen Martin nebst dem goldenen Schlüssel zu retten. In das Gewölbe kamen die Feinde nicht, und noch jetzt liegen alle die Reichthümer darin, wobei ein schwarzer Riese und ein zottiger Bär Wache halten. Auch Bruder Heini, der mit dem Standbild und Schlüssel bei dem E s e l b r u n n e n , in tiefer Bergschlucht, begraben ist, muß als Geist die Schätze hüten. Wie bei seinen Lebzeiten geht er Mittags an der Quelle auf und ab, indem er aus einem Buche betet. Wenn man ihm ruft, bleibt er stehen, aber ohne umzuschauen.

Einen Mann aus dem Münsterthal führte er eines Abends in die verfallene Burg und darin in einen unterirdischen Gang, der vorn, in der Mitte und hinten eine eiserne Pforte hatte. Die letzte derselben war eine Gitterthüre, und alle drei wurden von dem Einsiedler mit dem goldenen Schlüssel aufgemacht. Alsdann kamen sie in das Gewölbe, wo der Mann alle die Reichthümer betrachten, aber nichts davon mitnehmen durfte. Beim Herausgehen schloß Heini die Pforten wieder zu und außerhalb der Burg schied er von dem Manne.

Das Bergwerk ist längst eingegangen, und von ihm nichts mehr übrig, als ein halb verschütteter Schacht.

45.

Kirchenverhöhnung bestraft.

Als die Schweden Kirchhofen angezündet hatten und dann weiter zogen, wandte sich einer ihrer Anführer auf dem Pferde halb um und rief, auf die Kirche zeigend: »Seht doch, wie das Geißhaus brennt!« In dieser Stellung erstarrte er und war trotz aller Bemühungen nicht daraus zu bringen. Da gelobte er, auf seine Kosten die Kirche so wiederherzustellen, wie sie gewesen, wenn ihm geholfen würde. Auf dieses hörte die Erstarrung auf, und er säumte dann nicht, sein Gelübde in Erfüllung zu bringen.

46.

Die Tafel bei Kirchhofen.

Als einst Nachts der Felsenmüller von Ehrenstetten mit vollem Geldgurt heim ging, ward er im Walde bei Kirchhofen von drei raubsüchtigen Bauern angefallen. In demselben Augenblick fing sein Hund in der über eine Stunde entfernten Mühle so an zu rasen, daß die Knechte ihn von der Kette losmachen mußten. Stracks rannte er nun seinem Herrn zu Hilfe, riß zwei der Bauern nieder und jagte den dritten in die Flucht. Wegen dieser wunderbaren Errettung ließ der Müller auf dem Platz eine Tafel errichten, worauf das Auge Gottes abgebildet ist, mit der Unterschrift:

>»Gott ist überall zugegen, wie in offenen Landen, so in düstern Wäldern.«

Die Tafel ist noch an dem Orte, und er wird wegen ihr der Tafelplatz genannt.

47.

Das Brunnenbecken zu St. Ulrich.

(Abweichung von Nr. 46 des Hauptwerks.)

Um den Stein zu diesem Troge seinem Kloster zu verschaffen, schloß der heilige Ulrich mit dem Teufel folgenden Vertrag ab. Er wolle eine Messe lesen, und der Böse unterdessen den Felsen vom Meeresgrund herholen; treffe er damit vor Ende der Messe ein, so erhalte er als Lohn Ulrich's Seele, komme er aber später an, dann müsse er den Stein umsonst abliefern. Die Messe las darauf der Heilige so, daß er nur ihre Haupttheile, Aufopferung, Wandlung und Kommunion, verrichtete, alles Übrige aber wegließ, und daher fertig war, als der Teufel mit dem Felsen auf dem nahen Winterberg anlangte. Sich überlistet erkennend, liest der Böse zornig den Stein in den Klostergarten hinabrollen. Wo er ihn angefaßt, hatten seine Krallen tiefe Eindrücke gemacht, die noch jetzt an der Brunnenschale zu sehen sind[5].

[5] Diese Sage ist ebenso ungegründet, als die unter Nr. 46 des Hauptwerkes.

48.

Das Huttenweiblein.

Eine Bäuerin von Sölden pflegte Sonn- und Feiertags mit Holzhippe und Hutte[6] auf den waldigen Schönberg zu gehen und Holz zu lesen. Wegen dieser Entheiligung muß sie, seit ihrem Tode, auf dem Berg und in dessen Umgegend spuken und wird, weil sie eine Hutte trägt, das Huttenweiblein genannt. Sie ist alt und klein, stützt sich auf einen Stock und hat ein Strohhütlein auf; ihre Jacke und Handschuhe sind mit Pelz besetzt, der eine ihrer Strümpfe ist weiß, der andere roth. Übrigens kann sie sich in viele andere Gestalten, von Menschen und Thieren, verwandeln. Häufig schreit sie: »Hu, hu, hu!« manchmal aber, besonders wenn sie in den Kronen der Tannen sitzt, singt sie:

> »Heute strick ich,
> Morgen näh ich!«

In ihrer Hutte hat man schon Farnkraut wahrgenommen; auch trägt sie öfters darin Leseholz, das unbewacht im Wald aufgehäufelt liegt, zum Verdruß der Eigenthümer hinweg.

Einer Frau aus Freiburg, die, ehe sie in die Frühmesse ging, im Sternwald Himbeeren sammelte, begegnete das Huttenweiblein und sagte zu ihr: »Hättest Du keine guten Gedanken gehabt, so wollte ich Dich gezeichnet haben!«

Zu einer andern Frau kam es, zwischen Ebringen und Sölden, und fragte sie: »Kätherle! wo willst Du hin?« Auf dieses wußte die Frau, welche nicht Katharina hieß, gar nicht mehr, wo sie war, und fand sich erst wieder zurecht, nachdem sie stundenlang den Wald durchirrt hatte.

Eines Abends traf ein Geflügelhändler, der nach

Pfaffenweiler heim wollte, bei Kirchhofen ein schönes Reh, welches das Huttenweiblein war. Auf sein Locken kam es herbei und ließ sich von ihm streicheln. »Das ist etwas in die Küche!« dachte er bei sich und wollte ihm eine Schnur um den Hals binden; aber da ward es so riesenhaft, daß er voll Schrecken davon lief. Die ganze Nacht rannte er in der Irre umher und erkannte erst am Morgen, daß er auf der Eschholzmatte bei Freiburg sich befinde.

Ein Mann, der Nachts durch den Bitterswald ging, rief spottend: »Huttenweiblein, komm und trage mich! hu, hu, hu!« Schnell, wie der Wind, war dasselbe da, packte und trug ihn auf die Todtnauer Höhe und stellte ihn so tief in den Sumpf, daß er nur mit vieler Mühe sich wieder heraus helfen konnte.

Andere Männer, welche im Feld bei Pfaffenweiler das Geschrei des Weibleins spottweise nachmachten, bekamen von ihr solche Ohrfeigen, daß einigen die Hüte von den Köpfen flogen, andere aber sogar zu Boden fielen.

In den Ortschaften, die um den Schönberg liegen, pflegt man die Kinder mit dem Huttenweiblein fürchten zu machen.

[6] Köze.

49.

Der heilige Bernhard zu Freiburg.

Auf seiner Reise nach Konstanz kehrte der heilige Bernhard zu Freiburg, im obern Eckhause der Kaiser- und Münstergasse, ein. In der Stube, welche er da bewohnte, gibt es seitdem keine Mäuse mehr.

50.

Pferde schauen zum Speicher hinaus.

Die Frau aus dem jetzt Stutz'schen Hause am Münsterplatz zu Freiburg war, mit reichem Geschmeide geschmückt, begraben worden. Der Bediente und die Köchin, welche eine Liebschaft mit einander hatten, beschlossen, die Kleinode zu entwenden, damit sie genug Geld bekämen, um sich zu heirathen. Zu dem Ende schlichen sie tief in der Nacht auf den Kirchhof und öffneten Grab und Sarg ihrer Herrin. Da kam diese, welche nur scheintodt gewesen, zu sich und richtete sich in die Höhe. Entsetzt flohen der Bediente und die Köchin nach Hause, sagten aber niemand etwas von dem Vorfall. Bald nachher schellte die Frau an der Hausthüre, ihr Mann machte das Fenster auf und fragte:

»Wer ist draus?«

»Die Frau aus dem Haus«, antwortete sie.

»Die ist todt und begraben«, erwiderte er, und darauf sie:

»So gewiß bin ich es, als unsere Schimmel zum Speicherloch heraussehen.«

Kaum hatte sie dies gesagt, so trappten die beiden Pferde die Treppen hinauf auf den Speicher und schauten zur Giebelöffnung hinaus. Da ließ der Mann seine Frau eilig herein, voll Freude, daß sie noch lebe. Weil der Bediente und die Köchin fürchteten, sie seyen auf dem Kirchhof von ihrer Gebieterin erkannt worden, thaten sie vor ihrem Herrn einen Fußfall und bekannten ihr Vergehen. Statt sie zu bestrafen, dankte er ihnen für die Wiedererlangung seiner Frau und beschenkte sie so reichlich, daß sie sich heirathen konnten. Auch ließ er zum ewigen Andenken die Schimmel in Holz nachbilden und innen an die Giebelöffnung stellen, die seitdem nicht zugemauert werden kann. Seine Frau lebte noch sieben Jahre, sprach aber wenig und lachte gar nicht mehr; dagegen betete sie viel und spann und wirkte ein großes leinenes Tuch für das Münster. Dasselbe brachte sie gerade fertig. Es ist aus e i n e m Stück, mit Bildern aus dem Leben des Heilands geziert, und wird noch heutiges Tags als Fastentuch gebraucht.

51.

St. Martin bei Oberried.

Aus amtlichen Verhandlungen.

In dem Goldberg bei Oberried war vor Zeiten eine reiche Goldgrube, Sankt Martin genannt. Darin lag, hinter einer silbernen Thüre, ein Standbild dieses Heiligen verborgen, welches von lauterm Gold und dreihundert Mark schwer war. Noch im Jahr 1521 wurde der Bau betrieben, aber bald nachher wegen des hereinbrechenden Krieges eingestellt. Die Bergleute schlossen jedoch die Grube mit einer eisenbeschlagenen Thüre und schütteten dieselbe mit Erde und Steinen zu. Hierdurch gelang es ihnen, das Bergwerk den Augen der Feinde zu entziehen, die sich mit der Plünderung und Verbrennung der Poch- und Schmelzgebäude begnügen mußten. Kaum war es wieder ruhiger geworden, so kam die Pest und raffte die Bergleute weg oder scheuchte sie in entfernte Gegenden. In Folge dessen blieb die Grube uneröffnet, und mit der Zeit ist sie immer mehr in Vergessenheit gerathen.

52.

Schützen-Klaus.

Der Schützen-Klaus war Jäger im Bezirke von St. Peter. Aus übertriebener Sorgsamkeit für den Wald verbot er den Leuten, Geisen zu halten. Um zu sehen, ob sie es befolgten, ging er Nachts an die Häuser und mäckerte wie eine Ziege. Wenn nun Geisen darin waren, so erwiderten sie sein Gemäcker, und er nahm dann die Leute in Strafe. Da sprachen dieselben die Verwünschung aus: er möge bis zum jüngsten Tage so mäckernd umgehen. Seit seinem Tode spukt er nun im Jagdanzuge, zwei Hunde an der Kette führend und häufig mäckernd, in seinem Bezirke. Nach der Abendglocke hat er Viele schon irre geführt, oder mit Steinen geworfen; und als Andere, um ihn zu verspotten, zu mäckern anfingen, war er im Augenblick da und schleuderte sie den Bergabhang hinunter.

53.

Teufel helfen am Bau der Eisenbahn.

Als im Jahr 1844 die Eisenbahn bei Zähringen gebaut ward, sahen zwei unschuldige Kinder, während des Mittagessens der Arbeiter, zwei Teufel mit Geisfüßen und Hörnern emsig an der Bahn schaffen. Sogleich holten sie einige Arbeiter herbei; allein dieselben konnten die bösen Geister nicht wahrnehmen.

54.

Des Schwarzenberger's Bekehrung.

Auf die schöne Tochter seines Bauers vom Wahlhof hatte der Ritter von Schwarzenberg sein lüsternes Auge geworfen. Er verlangte sie in seinen Dienst; aber ihr Vater, obgleich er die Härte seines Herrn kannte, ließ sie nicht dahin. Da drohte ihm der Ritter, ihn vom Hofgut zu jagen, wenn er nicht dessen großen und vollsten Kirschbaum fällen und, die Pferde an die Krone gespannt, auf das Schwarzenberger Schloß schleifen würde, ohne eine einzige all der reifen Kirschen zu verletzen. Ohne Hoffnung, dies zu vollführen, ging der Bauer zu dem Baume, wo ein altes Männlein zu ihm kam und ihn fragte, warum er so betrübt sey. Nachdem es die Ursache erfahren, versprach es, ihm zu helfen. Stracks hieb es den Baum auf's geschickteste um, rief aus dem Wald drei Kohlrappen herbei, die es an die Krone des Baums spannte, und trieb sie dann, in Begleitung des Bauers, nach dem hoch und steil gelegenen Bergschloß. Als der Schwarzenberger sie dort ankommen und keine einzige Kirsche verletzt sah, war er höchlich erstaunt; das Männlein aber sprach zu ihm: »Weißt Du, wer den Kirschbaum hierher gezogen hat? Der erste Rappe ist Dein Vater, der zweite Dein Großvater und der dritte Dein Urgroßvater[7], welche die Bedrückung ihrer Unterthanen jetzt in der Hölle büßen, und Dir geht es einst eben so, wenn Du nicht von Deinen Sünden ablässest!« Da ergriff den Ritter die Furcht des Herrn, er that Buße und führte fortan ein gottgefälliges Leben.

[7] Andere sagen, es seyen s e c h s Rappen und diese die s e c h s nächsten Vorfahren des Schwarzenberger's gewesen.

55.

Forelle am Kandelfelsen.

Als eines Abends auf dem Kandel zwei Buben vom dortigen Hofe das Vieh zusammentrieben, sah der eine, unten am Kandelfelsen, eine Lache und darin eine große, goldschimmernde Forelle. Er rief seinen Gefährten herbei und wadete in das Wasser, um den Fisch zu fangen; allein er fand ihn an der Kette eines Lotteisens hängen, das im Felsen stack, und konnte ihn nicht los bringen. Sie fuhren nun mit dem Vieh heim und erzählten ihrem Herrn das Geschehene, worauf sie gleich mit ihm zum Felsen zurück mußten, wo aber weder Lache, noch Forelle, noch Lotteisen mehr zu sehen waren. Im folgenden Jahre nahmen jedoch die Buben die Lache mit der angeketteten Forelle abermals wahr, und im dritten und letzten ihres Aufenthalts auf dem Hofe nochmals; stets fanden sie den Fisch größer und glänzender geworden, aber alle ihre Bemühungen, ihn los zu machen, waren vergebens.

Drei Jahre nachher wurde von Holzhauern auf dem Kandelfelsen ein beschriebenes Pergament gefunden, welches die erwähnten Vorgänge umständlich erzählte und sagte, daß, wenn die Forelle ihr Ziel erreiche, sie mit dem Lotteisen den Felsen herausreiße und dadurch den See im Innern des Berges auf das Elzthal loslasse. Das Pergament brachten die Holzhauer nach Waldkirch, wo man es bei Erbauung der jetzigen Kirche in deren Grundstein legte.

56.

Die Namen Gutach's, Bleibach's und Simonswald's.

Zu der ersten Äbtissin des Waldkircher Fräuleinstifts kamen drei Brüder und baten, sich in ihrem öden Gebiete ansiedeln zu dürfen. Sie erlaubte ihnen, sich die Plätze selbst zu wählen. An einer hübschen Stelle sprach der Eine: »Hier ist's gut!« und baute sich da an. Wegen dieser Rede erhielt der Ort den Namen G u t a c h . Der zweite fand jenseits des Baches einen Platz, der ihm wohl gefiel, und sagte. »Hier bleib' ich!« Davon wurde der Ort B l e i b a c h genannt. Der dritte endlich, welcher Simon hieß, siedelte sich in einem Walde an, und seitdem trägt dieser den Namen S i m o n s w a l d .

57.

Der Ahornbauer.

Als ein Mann von Simonswald wegen Zauberei verbrannt werden sollte, sprach er. »So gewiß bin ich unschuldig, als bei meinem Haus ein Ahornbaum wachsen wird.« Gleich nach der Hinrichtung kam auch bei dem Haus ein Ahorn hervor, und seitdem ist dort immer ein solcher Baum; denn wenn man den einen umhaut, wächst unverzüglich ein anderer nach. Von dem Baum hat der Hofbesitzer den Namen A h o r n b a u e r erhalten.

58.

Der Blindensee will ausbrechen.

Vor langer Zeit drohte dieser Bergsee bei dem Triberger Wasserfall auszubrechen, und das dortige Thal zu überschwemmen. Da kam die Mutter Gottes und spannte vor die Öffnung ein Netz von Fäden, wodurch das Wasser, wie durch einen Damm, zurückgehalten ward. Jedes Jahr aber verfault einer der Fäden, und wenn endlich alle verwest sind, dann bricht der See heraus und überfluthet das ganze Thal. Dies geschieht am Bartholomäustag, an welchem in Triberg Jahrmarkt gehalten wird.

59.

Zum todten Hund.

In die Wohnstube eines Schwarzwälderhofs schlug der Blitz und fuhr durch einen Tisch, worauf ein kleines Kind schlief; dasselbe ließ er unversehrt, tödtete aber einen Hund, der, gerade unter dem Kind, auf dem Stubenboden lag. Von diesem Vorgang wird der Hof »zum todten Hund« genannt.

60.

Messen angelobt.

Als im Jahr 1796 die Neufranken verheerend gegen Ettenheimweiler zogen, gelobte die Pächterin eines benachbarten Hofes, fünfzig Messen lesen zu lassen, wenn ihr Haus von der Grausamkeit dieser Feinde verschont bliebe. Letzteres geschah, zur allgemeinen Verwunderung; die Frau unterließ jedoch, ihr Gelübde zu erfüllen, und ohne dasselbe Jemand offenbart zu haben, starb sie nach drei Jahren in Ettenheimweiler. Als ihre dort verheirathete Tochter, nach Verfluß von ebenso viel Jahren, Nachmittags auf dem Fuchsberg die Reben schnitt, erschien ihr plötzlich eine Frau mit grauem Gesicht und grauem Kleid und sprach: »Du mußt mich erlösen!« Vor Schrecken fiel jene in Ohnmacht; als sie daraus erwachte, war die graue Gestalt verschwunden. Dieselbe kam aber, einige Tage nachher, am Morgen zu ihr in die Küche und sagte, sie sey ihre Mutter, und um sie zu erlösen, solle die Tochter von Haus zu Haus so viel Geld zusammenbetteln, daß davon die fünfzig Messen gelesen und vierundzwanzig Kreuzer der Magd bezahlt werden konnten, der sie, bei ihren Lebzeiten, drei Batzen am Lohne abgezogen habe. Hierauf verschwand sie, die Tochter aber eilte zu ihrem Mann und erzählte ihm, was ihr begegnet. Um ihr das Betteln zu ersparen, wollte er selbst das Geld hergeben, was auch der Pfarrer, den sie darüber um Rath fragten, für genügend erklärte. Ehe jedoch der Mann das Geld beisammen hatte, erschien seiner Frau ihre Mutter wieder in der Küche und sprach drohend: »Willst Du Alles thun, was ich Dir geheißen habe, oder willst Du meinen Zorn fühlen!« Voll Angst versprach die Frau, zu gehorchen, machte sich auch alsbald auf den Weg und bettelte von Haus zu Haus bis gegen Freiburg hinauf. In vierzehn Tagen hatte sie das Geld beisammen; damit bezahlte sie die Magd und ließ in den benachbarten Klöstern die fünfzig Messen abhalten. In der Nacht nach Lesung der letzten Messe kam die Mutter, in glänzend weißer Gestalt, zu dem Mann und der Frau in die Schlafstube, sagte für ihre Erlösung Dank und legte, um diesen zu bezeugen, ihre rechte Hand auf eine Flegelruthe, die, nach ihrem Begehren, ihre Tochter ihr hinhielt. Da brannten sich ihre fünf Finger hinein, und sie verschwand. Die Flegelruthe wird noch jetzt in dem Hause aufbewahrt.

61.

Das Kruzifix zwischen Ettenheim und Altdorf.

Ein frommer Jüngling in Ettenheim wollte sich auf den Wunsch seiner Eltern verheirathen; er schwankte aber zwischen zwei gleich braven Mädchen, deren eines zu Straßburg, das andere zu Freiburg wohnte. In dieser Ungewißheit betete er eines Tages in der Messe inbrünstig um Erleuchtung, und da kam ihm in den Sinn: er solle sich auf eines seiner Pferde setzen und es laufen lassen, wohin es wolle; denn es bringe ihn an den Wohnort desjenigen der beiden Mädchen, welches ihm von Gott zur Frau bestimmt sey. Nachdem er aufgesessen, schlug das Pferd von selbst den Weg gegen Altdorf ein, daß er dachte, es gehe nach Straßburg; aber plötzlich springt es von diesem Weg ab und über die benachbarten Felder auf die Landstraße nach Freiburg, wo es den Jüngling glücklich hinbringt. Derselbe heirathete nun das dortige Mädchen, und er lebte mit ihr so glücklich, daß er zum Danke an der Stelle, wo das Pferd den Weg nach Straßburg verlassen, ein steinernes Kruzifix errichtete, welches das K r e u z z u m g u t e n R a t h e genannt wird[8].

[8] An dem Kruzifix ist folgende Inschrift:

ChrIste IesV bonI ConsILII Dator MIserere nobIs.
D. O. M.
Piorum consiliorum inspiratori benignissimo crucem hanc in debitae gratitudinis pignus erexit Franc. Valentini Satori et Annae Mariae Neumayer P. M. relicta progenies 1763.

62.

92

Spinne nicht in der Nacht vor Fronfasten.

In der Nacht vor Fronfasten spann eine Frau zu Orschweier noch nach elf Uhr. Da kam die Fronfastenfrau zur Thüre herein und legte ihr ein Dutzend Spulen hin, mit den Worten: »Alle diese Spulen mußt Du bis zwölf Uhr vollgesponnen haben, wo ich sie wieder holen werde!« Nicht lange war sie weggegangen, so lief die Frau, welche sich nicht zu helfen wußte, zum Pfarrer, und fragte ihn, was sie machen solle. Er rieth ihr, um jede Spule drei Fäden im Namen des Vaters, des Sohnes und des heiligen Geistes zu spinnen, was sie auch that und Schlag zwölf Uhr fertig war. Als gleich darauf die Fronfastenfrau die Spulen abholte, sprach sie: »Du hast wohl gethan, den Rath des Schwarzrocks zu befolgen; denn sonst solltest Du gesehen haben, was ich mit Dir gemacht hätte!« Nach dieser Rede entfernte sie sich.

63.

Mordthat offenbart.

Zu Ottenheim hatte ein armes Mädchen mit einem vermöglichen Burschen, der Soldat war, Bekanntschaft und wurde in Folge davon schwanger. Dessenungeachtet bewarb er sich bald darauf um eine reiche Bauerstochter, und weil er befürchtete, daß jenes Mädchen ihm hinderlich sey, beschloß er, es aus dem Wege zu räumen. In dieser Absicht ging er Samstag Nachts mit einer Schaufel in den Wald, wo er in einem abgelegenen Schlag eine tiefe Grube machte. Am andern Nachmittag lud er das Mädchen zu einem Gange dahin ein, und als sie dort waren, sagte er ihr: sie solle Reue und Leid erwecken; denn sie müsse jetzt sterben. Flehentlich bat sie ihn, ihrer und seines Kindes zu schonen, sie wolle gern in die weite Welt hinaus, um ihn an der reichen Heirath nicht zu hindern; aber Alles war vergebens, und er gewährte ihr nur noch so viel Zeit, um drei Vaterunser zu beten. Als sie damit fertig war, sprach sie zu ihm: »Das sage ich Dir, wenn Du mich umbringst, wird mein Blut Dich verrathen!« Hierüber lachend, tödtete er sie mit mehreren Stichen und verscharrte sie in die Grube. Bald nachher begab er sich auf einige Jahre zu seiner Fahne, während welcher Zeit der Wald in Gemeindewiesen umgewandelt ward. Nachdem der Bursch im Heere ausgedient hatte, ließ er sich in Ottenheim nieder und heirathete die reiche Bauerstochter. Einst mußte er die Gemeindewiesen mähen helfen, wobei er gerade auf die Grube zu stehen kam. Beim ersten Hieb, welchen er in's Gras that, wurde die Sense voll Blut; erschrocken wischte er es ab und verließ gleich die Stelle. Zu Hause entdeckte er seiner Frau den Vorfall und die Ermordung des Mädchens. Einige Zeit nachher gerieth er mit ihr in Hader und brachte sie durch Stockschläge so in Harnisch, daß sie auf die Straße lief und laut die Mordthat verkündete. Er ward darauf festgenommen und, nachdem er Alles eingestanden, mit dem Schwerte hingerichtet. Die Gebeine des Mädchens fand man noch in der Grube und brachte sie auf den Gottesacker.

64.

Wunderbarer Hirsch.

Ein frommer Einsiedler des Bruderthals pflegte alle Morgen nach dem Kloster Schuttern oder, wenn Mönche von da sich in Heiligenzell aufhielten, nach diesem zur Kirche zu gehen. Abends trat er den Rückweg an, auf dem sich, wenn es dunkel war, am Anfang des Waldes ein Hirsch zu ihm gesellte, welcher ein Licht zwischen den Hörnern hatte und ihm bis zu seiner Klause leuchtete. Einmal war der Weg vom Regen so schlüpferig, daß der Waldbruder aus einem Weinberg einen Rebpfahl nahm, um sich im Gehen darauf zu stützen. Als er in den Wald kam, war kein Hirsch da, und er mußte im Finstern nach Hause tappen. Auch an den zwei folgenden Tagen ließ der Hirsch sich nicht sehen. Da erinnerte der Einsiedler sich des Rebpfahles, that ihn dahin, woher er ihn genommen, und hierauf fand der Hirsch sich wieder ein und leuchtete ihm wie zuvor.

65.

Das Kruzifix auf dem Kirchhofe zu Oberweier.

Vor etlichen Jahrhunderten verirrte sich Nachts ein Wanderer im wilden Walde. Geängstigt durch die vielen Schlangen und Kröten, welche darin hausten, that er das Gelübde: wenn er unbeschädigt hinaus in einen Ort käme, wolle er auf dessen Gottesacker ein Kruzifix stiften. Da ertönte in der Ferne eine Glocke; er ging dem Schalle zu und gelangte glücklich nach Oberweier, wo Nachts um zwei Uhr geläutet zu werden pflegte.

Ungesäumt ließ er nun ein steinernes Kruzifix verfertigen und es auf den dortigen Kirchhof setzen, welchem es noch gegenwärtig zur Zierde dient.

Am Fuße des Kreuzes sind der Name des Stifters (Jakob Erim) und allerlei Schlangen und Kröten eingehauen.

66.

Das Grabenthier.

Zu Gengenbach spukt Nachts ein mächtiges schwarzes Thier mit feurigen Augen, welche so groß wie kleine Pflugräder sind. Es geht vorzüglich im ausgetrockneten Stadtgraben um, und wird deßwegen das G r a b e n t h i e r genannt.

67.

Gespenstiges Thier.

Ein Mädchen von Bergach war zu Gengenbach in der Christmette gewesen und wollte Nachts zwischen ein und zwei Uhr wieder heimgehen. An der Kinzig kam ein Thier, so groß wie ein Metzgerhund, ihr entgegen, das einen abscheulichen Gestank verbreitete. Sie ergriff die Flucht, ward aber von dem Thiere verfolgt, wobei dasselbe ein garstiges Geschrei ausstieß und allmählig so groß wurde wie ein Ochse. Bis zum Haigeracher Bache gejagt, sprang das Mädchen hinüber und kam dadurch in Sicherheit, weil das Thier den Bach nicht überschreiten durfte.

68.

Feenweg.

Als noch auf das Bergschloß Staufenberg blos ein Fußpfad
führte, wohnte dort ein reicher Freiherr, der nur ein einziges
Kind, eine schöne Tochter, hatte. Um sie bewarben sich viele
Edle; aber er wollte sie nur Demjenigen geben, der ihm in
einer Stunde einen guten Fahrweg auf die Burg herstelle.
Betrübt über die Unerfüllbarkeit dieser Bedingung, wandelte
ein junger Ritter am waldigen Fuße des Schloßbergs, und da
begegnete ihm die dortige Fee Melusine. Sie fragte ihn,
warum er so traurig sey, und als sie es erfahren hatte,
bestellte sie ihn gegen Mitternacht wieder her, wo ihm
geholfen werden würde. Nachdem er zur bestimmten Zeit
sich eingefunden, hieß ihn die Fee die Herstellung des
verlangten Weges getrost beginnen; er that es und merkte
bald, daß eine Menge Unsichtbarer ihm Hilfe leiste. In einer
Stunde war der Fahrweg zum Schlosse fertig und voll
Freude und Hoffnung ritt der Ritter auf seinem Schimmel
hinauf. Gleichwohl ward ihm das Fräulein von ihrem Vater
verweigert, und er dadurch so empört, daß er denselben
erschlug und in den tiefen Burgbrunnen hinabwarf.

69.

Schatz und Spuk auf dem alten Schlosse bei Durbach

Vor etwa fünfzig Jahren kam ein österreichischer Geistlicher nach Durbach und miethete sich eine Wohnung. Nachdem er mit mehreren Männern aus dem Orte bekannt geworden war, eröffnete er ihnen, daß auf dem alten Schlosse ein großer Schatz vergraben sey, den sie mit ihm heben und theilen sollten. Gerne willigten die Männer ein und gingen mit ihm mehrere Nächte auf das alte Schloß, wo sie, nach seiner Anleitung, gewisse Gebete verrichteten. In der letzten Nacht wurde von einem Priester aus der Gegend, welchen der Geistliche auch für die Sache gewonnen hatte, eine Zwangsmesse gelesen, worin dieser den Diener machte. Kaum war sie zu Ende, so erhob sich aus dem Boden ein großer Haufe glänzenden Geldes, das die Männer schweigend aus den mit vier Rappen bespannten Wagen eines von ihnen luden und damit nach dessen Haus fuhren. Als sie darin waren, vergaß einer, daß vor der Vertheilung des Schatzes kein Wort gesprochen werden dürfe, und rief: »Jetzt haben wir das Geld, jetzt sind wir reich!« Da lag im Augenblick, statt des Schatzes, ein Haufe Sand auf dem Wagen und der österreichische Geistliche war auf immer verschwunden.

Aus dem alten Schlosse fährt um Mitternacht eine gespenstige Kutsche, die mit sechs Rappen oder Schimmeln bespannt ist und von einem grauen Mann gelenkt wird.

70.

Verwunschener Schüler.

Eines Sonntags, unterm Hochamt, kam im Stollenwald zu einem Knaben ein verwunschener Schüler und fragte ihn, was er da mache. »Ich will Vogelnester ausnehmen,« erwiderte treuherzig der Bube und darauf der andere: »Geh du mit mir, und nimm dir aus jeder Kiste, die ich aufmache, eine Handvoll Geld, aber nicht mehr, und ohne ein Wort dabei zu reden!« Unbedenklich folgte ihm der Knabe auf das alte Schloß, wo der Schüler aus einem Büschel Moosfarn einen Schlüssel holte und damit auf dem Boden eine unter Laub versteckte Steinthüre aufschloß. Durch dieselbe stiegen sie hinab und kamen nacheinander in drei mit Kostbarkeiten angefüllte Gewölbe. In dem ersten öffnete der Schüler eine Kiste voll Silbergeld, im zweiten, nach Herabjagung eines schwarzen Pudels, eine voll Goldstücke, und im dritten eine voll Kupfermünzen. Aus jeder nahm sich der Bube schweigend eine Handvoll und folgte dann seinem Führer in's Freie zurück. Letzterer schloß nun die Steinthüre zu, legte den Schlüssel wieder in den Büschel und verließ den Knaben. Als dieser das Geld heimgebracht und erzählt hatte, wie er dazu gekommen, mußte er mit seinem Vater gleich wieder auf das alte Schloß; allein dort konnte er weder Büschel, noch Schlüssel, noch Steinthüre mehr auffinden.

71.

Geist erlöst.

Nach dem Tode eines Schappbacher Hofbauers ließ sich Nachts in seinem Bergwald ein Licht sehen, welches an einem Gränzstein hin und her schwebte. Einst ging ein berauschter Metzger aus dem Orte mit einem Kalb spät an dem Berg vorüber und als er das Licht erblickte, rief er ihm zu. »Komm herunter und leuchte mir, da droben hilfst du mir nichts!« Augenblicklich war dasselbe bei ihm und brachte ihn und das Kalb im Nu hinauf zu dem Gränzstein. »Drehe den Stein!« sagte das Licht zu dem nüchtern gewordenen Metzger. »Das werde ich nicht können,« erwiderte er, und darauf jenes: »Es geht schon, versuche es nur!« Als er es that, konnte er den Stein ganz leicht bis in eine gewisse Richtung wenden. »So, jetzt bin ich erlöst!« sprach dann das Licht und verschwand. Zu Hause zeigte der Metzger die Sache an, und bei der Untersuchung stellte sich heraus, daß der Hofbauer bei seinen Lebzeiten dem Gränzstein eine falsche Richtung gegeben, und dadurch ein Stück des anstoßenden fremden Waldes sich verschafft hatte, welches nun dem rechtmäßigen Eigenthümer zurückgegeben wurde.

72.

Die lange Ell.

In den Straßen von Oppenau geht Nachts eine gespenstige Frau, in der Ortstracht, um. Sie ist so hoch, daß sie in den zweiten Stock der Häuser sieht, und wird die l a n g e E l l genannt. Frauen, welche noch spät in der Nacht häusliche Geschäfte verrichteten, hat sie schon ermahnt, dieselben künftig früher zu besorgen.

73.

Der Teufel kommt um die Beute.

In einer Stube zu Oppenau verrichteten Nachts zwischen elf und zwölf drei Männer das Christoffelsgebet. Da kam der Teufel, brachte ihnen einen Zuber voll Geld und sprach: »Wer zuletzt hinaus geht, der ist mein!« In der Angst wußten die Männer nicht, was sie thun sollten: endlich lief einer zum Pfarrer und erzählte ihm das Geschehene. Darauf holte derselbe die Monstranz mit dem Allerheiligsten und begleitete den Mann zu den zwei andern. Auf sein Geheiß verließen dann die drei mit ihm die Stube, er ging hinter ihnen und rückwärts, die Monstranz in den Händen, so, daß der Heiland der Letzte war. Hierdurch kam der Teufel um seine Beute; er nahm aber auch den Zuber voll Geld wieder mit hinweg.

74.

Reden bringt um den Schatz.

Um den Schatz zu heben, welcher am Hohenrain bei Lautenbach vergraben ist, ließen zwei Bursche Mittags in diesem Dorf eine Zwingmesse lesen. Während derselben hackten sie stillschweigend auf dem Platz über dem Schatze ein wenig Erde weg, steckten zwei Weidenruthen hin, und von selbst hob sich die Kiste voll Geld aus dem Boden. Als sie darnach langten, kam einer, der ganz mit Kochlöffeln behängt war, den Berg herunter, bei dessen Erblickung der eine Bursch dem andern zuflüsterte: »Sage nur nichts!« Da versank die Kiste dröhnend in die Tiefe, und der mit den Kochlöffeln war wie weggeblasen. Daß die Hebung des Schatzes mißlungen sey, merkte der Priester sogleich in der Zwingmesse.

75.

Feiertags-Entheiligung bestraft.

An Maria-Geburt 1843 heimste ein Mann zu Oberkirch ohne Noth sein Grummet ein, worauf er äußerte, jetzt sey es vor dem Wetter gesichert. Zur Strafe dafür schlug in der folgenden Nacht der Blitz in sein Haus und verbrannte dasselbe mit allem Futter und Vieh, das darin war.

76.

Schatz und Spuk auf der Schauenburg.

Auf dem verfallenen Bergschlosse Schauenburg liegt ein Geldschatz vergraben, bei dem alle sieben Jahre eine weiße Frau sich zeigt. Einst in der Nacht rief sie den Schweinhirten von Loh, welcher mit einem Bunde Holz am Schlosse vorbeiging, mit seinem Taufnamen Ciriak, und als er darauf stehen blieb, bat sie ihn, ihr aus dem benachbarten Brunnen einen Trunk Wasser zu holen; durch denselben werde sie erlöst und er dann Herr des Schatzes. »Ich habe kein Geschirr zum Schöpfen,« erwiderte der einfältige Mensch, und darauf die Frau: »So nimm deinen Schuh dazu!« Jetzt erst bemerkte der Hirt, daß sie auf der Brust einen schwarzen Flecken habe, und nun weigerte er sich, ihre Bitte zu erfüllen. Da entfernte sich die Frau unter fürchterlichem Krachen, und er wurde, ohne zu wissen wie, in einen hohen Tannenstamm gesetzt, der sich plötzlich zu einer Gabel gespaltet hatte. Weil er sich nicht heraushelfen konnte, erhob er ein großes Geschrei; aber erst am Morgen ward er von herbeikommenden Holzhauern gehört und aus seiner Klemme befreit.

77.

Teufelsstein.

(Abweichungen von Nr. 129 des Hauptwerks.)

1) Kaum war das Wendelinskirchlein bei Meisenbühl und Nußbach fertig, so wollte der böse Feind es zusammenwerfen. Zu dem Ende lud er, mit Hülfe der andern Teufel, den größten der zwölf Steine sich auf, und begab sich damit allein auf den Berg über der Kapelle. Als er von ihr noch etwas entfernt war, fing es darin an zu läuten, und da mußte er den Felsen fallen lassen, welchen er nachher nicht wieder aufheben konnte.

2) Um die Kapelle zu zertrümmern, biß der Satan den Felsen vom Berg ab und ging damit auf sie los. Im Erbsengarten begegnete ihm ein altes Männlein, das unser Heiland war, und fragte ihn, was er vorhabe. »Den Schweinstall da unten will ich mit dem Stein zusammenwerfen,« antwortete er, indem er auf das Kirchlein wies. Das Männlein redete ihm zu, vorerst seine Last abzulegen und auszuruhen, was er auch befolgte. Nach einiger Zeit wollte er den Felsen wieder aufheben; aber da war derselbe so weich geworden, daß sich seine Krallen darein drückten, und er mit ihm der Kapelle nicht mehr schaden konnte.

3) Als der Teufel den Stein auf das Kirchlein werfen wollte, erschien der Erzengel Gabriel, und durch dessen Macht wurde der Stein so heiß, daß er schmolz und für den Bösen unbrauchbar ward.

78.

St. Antonius bei Oberachern.

Als einst die Schweine von Oberachern im nahen Bergwald weideten, wühlten sie ein kleines hölzernes Standbild des heiligen Antonius von Padua aus dem Boden. Dasselbe stellten die Hirtenbuben an einen dortigen Eichstamm und machten ein Dach von geflochtenen Weiden darüber. Bald leuchtete das Bild mit Wundern, und mit der Andacht nahmen die Opfer so zu, daß auf dem Platz eine stattliche Kapelle erbaut werden konnte. Sie trägt den Namen des Heiligen, und auf ihrem Hochaltar ist das Gnadenbild aufgestellt.

79.

Hohinrot's Erbauung.

Der Sohn aus der Burg Rodeck und die Tochter aus der Burg Altwindeck wollten einander ehelichen; es fiel ihnen aber schwer, sich von ihren Eltern zu trennen. Sie suchten deßwegen auf dem Gebirge nach einem Platze, von welchem sie beide Burgen sehen könnten. Mit vieler Mühe fanden sie einen solchen und ließen dort für sich das Schloß Hohinrot erbauen, aus dessen Fenstern sie dann ihren Eltern fleißig zuwinkten.

80.

Brigitte.

Ein Ritter von Hohinrot hatte eine Frau, Namens Brigitte, von der die Burg auch das Brigittenschloß heißt. Sie war eben so fromm, als mildthätig, besuchte und pflegte die Kranken der umliegenden Ortschaften, entband die Wöchnerinnen und schenkte den Armen so viel sie vermochte. Als sie einst denselben einen Korb voll Essen bringen wollte, begegnete ihr ihr Mann, der das viele Verschenken nicht leiden konnte. »Was hast Du in dem Korbe?« fragte er, und erhielt die Antwort: »Rosen.« Da hob er den Deckel auf, und sieh! der Korb war mit den schönsten Rosen angefüllt.

So gut auch Brigitte war, und obgleich sie dem Ritter zwei schöne Knäblein geboren hatte, verstieß er sie doch von sich und ihren Kindern, und nahm eine seiner Mägde zum Kebsweib. Gott ergeben wanderte die arme Frau in das Niederland und diente dort als Magd zwanzig Jahre. Nach deren Ablauf zog sie auf den Breitenbrunner Hof, eine halbe Stunde von Hohinrot, wohin sie jeden Samstag mit den andern Bettelleuten ging, um Almosen zu holen. Dasselbe wurde von ihrem ältesten Sohne ausgetheilt, dem ihr inständiges Benehmen so auffiel, daß er seinem Vater davon Kunde gab. Bei ihrer nächsten Anwesenheit ließ dieser sie herbeirufen; allein er erkannte seine Frau nicht mehr, wohl aber den Trauring an ihrem Finger. »Von wem habt ihr diesen Ring bekommen?« fragte er sie und erhielt zur Antwort: »Den habt ihr mir bei unserer Trauung gegeben.« Da ergriff den Ritter Schmerz und Reue, er bat seine Gattin, wieder seine Hausfrau zu werden, er wolle die Magd und die Kinder, welche er mit derselben erzeugt, aus dem Schloß entfernen und reichlich für deren Zukunft sorgen. Gern erfüllte Brigitte seine Bitte, und setzte dann, von den Ihrigen unterstützt, ihre Wohlthätigkeit und Andacht fort. Die Unwissenden im Glauben zu belehren, war ihr ein Hauptanliegen, namentlich bekehrte sie eine Sippschaft Heiden, die im Land umhergezogen, aber von ihr in die Burg aufgenommen worden waren. Jeden Tag begab sie sich in die Sasbacher Kirche, wohin vom Schloß ein unterirdischer Gang, wie auch über den Schelsberg und Vogelsberg ein Fußpfad führte. Letztern ging einst Brigitte und ließ bei jedem Schritt einen Kronenthaler fallen, damit er in einen Fahrweg umgewandelt werden könne. Die erwähnte Kirche wurde von ihr mit Geschenken überhäuft, wozu besonders die große Glocke gehört, welche ihren Namen trägt. Als sie einmal diesem Gotteshause zuging, fingen dessen Glocken von selbst an zu läuten. Der Meßner eilte auf den Thurm, und bei Erblickung der nahenden Burgfrau rief er: »Die närrische Brigitte kommt!« Da stürzte er zum Fenster hinaus und brach das Genick, und eine Stimme vom Himmel sprach: »Sie ist heilig!« Seit der Zeit hat dieses wunderbare Geläute stets Brigittens Gang von der Banngrenze bis zur Kirche begleitet. Gegen sich ward die fromme Frau immer strenger. Sie kleidete sich ganz gering, in selbst gefertigte Zeuge, und nährte sich zuletzt nur mit der Milch einer Ziege. Endlich starb sie eines seligen Todes, wobei in der ganzen Gegend die Glocken von selbst läuteten, und wurde, von Jung und Alt begleitet und beweint, in dem Sasbacher Gotteshause beigesetzt. Die bekehrten Heiden waren auch bei dem Trauerzug und verließen gleich nachher das Schloß, in dessen Überbleibseln ihre Wohnung, das Heidenstüblein, noch gegenwärtig gezeigt wird.

81.

Wunderquelle.

Am Markustage 1854 war an dem Wolkenkreuz zu Neusatzeck ein Altar errichtet. Als der Pfarrer bei dem Bittgang daselbst das Gebet verrichtete, ward ihm so schwach, daß er aufhören mußte und nach einigen Schritten vor sich hinfiel. Hierbei berührte das Versehkreuz, welches er, um damit den Segen zu geben, auf der Brust hängen hatte, den Boden, und sogleich entsprang dort eine Quelle, die gegen vielerlei Übel sich heilsam erweist.

82.

Vergeltung.

Einem Kruzifix bei Ottersweier hieb einmal ein Reiter der
Neufranken mit seinem Säbel einen Arm ab. Da fiel ihm der
Arm, womit er den Hieb geführt, augenblicklich vom Leibe.

83.

Gotteslästerung bestraft.

Der Herbst 1833 lieferte im Bühlerthal einen ziemlich geringen Wein. Als ein dortiger Hofbauer denselben im Rebstockwirthshaus versucht hatte, schüttete er das Übrige im Glase einem dahängenden Kruzifix in's Gesicht mit den Worten: »Warum lässest Du ihn nicht besser wachsen, sauf ihn selbst!« Sogleich ward er auf beiden Augen blind und blieb es auch sein Leben lang.

84.

Kröten in Geld verwandelt.

Ein Mann von Bühl sah eines Tages im Wald eine Menge kleiner Kröten auf einem Haufen liegen. Um einen Spaß zu machen, füllte er sie in einen Sack und leerte ihn in der Nacht in seines Nachbars Wohnstube. Als dieser am Morgen hineinkam, fand er den Boden mit Goldstücken und Kronenthalern bedeckt, welche sich zuzueignen er nicht säumte. Bald nachher erzählte er es dem Manne, worauf derselbe erklärte, daß er ihm das Geld verdanke und es mit ihm theilen müsse. Als jener Letzteres verweigerte, klagte der Mann bei Amte, und dieses erkannte dann das Geld, als einen gefundenen Schatz, der Herrschaft zu.

85.

Schatz versinkt beim Fluchen.

Im Walde bei Bühl sah ein Mann ein Häuflein glühender Kohlen liegen und hob etliche nach einander auf, um seine Pfeife anzubrennen. Da keine zündete, fing er zuletzt an zu fluchen, und sogleich versank das Häuflein in den Boden. Jetzt erkannte er zu spät, daß die Kohlen ein Schatz waren.

86.

Bestrafte Sakramentschänder.

In einem Dorfe bei Bühl wurde vor Kurzem ein wandernder Handwerksbursche Nachts so krank, daß er den Wirth der Herberge bitten ließ, ihm den Pfarrer zu rufen. Dies hörten zwei Hochschüler, welche noch in der Wirthsstube saßen, und beredeten den Wirth, mit ihnen einen Spaß auszuführen. Nachdem sie ihr Aussehen verändert, ließen sie sich vom Wirthe als Pfarrer und Meßner dem Handwerksburschen vorstellen. Dieser beichtete dann dem vermeinten Pfarrer und erhielt von ihm das Abendmahl, welches eine weiße Rübenscheibe war. Als die Drei nachher vom Kranken weggingen, schwebte er auf der Treppe in weißer Gestalt neben ihnen her, worauf der Wirth in dessen Kammer zurückeilte. Er fand ihn todt und, bei seiner Rückkunft in die Wirthsstube, die beiden Hochschüler erstarrt und kohlschwarz dastehen. In dieser Weise sind sie noch dort; die Stube ist verschlossen und ihr Betreten Jedermann untersagt.

87.

Stole schützt vor dem höllischen Feuer.

Von der Abtei Schwarzach kaufte kurz vor ihrer Aufhebung ein dortiger Bauer ein Stück Feld und Wald, versäumte aber, sich für die Zahlung einen Schein geben zu lassen. Nach einigen Jahren forderte die Herrschaft, welcher das Kloster zugefallen, von ihm den Kaufschilling, und da er dessen Entrichtung nicht beweisen konnte, ward er verurtheilt, ihn nochmals zu erlegen.

Als er, voll Verdruß über diesen Spruch, von Rheinbischofsheim zurückging, begegnete er im Wald einem Jäger, von dem er um die Ursache seines Unmuths befragt wurde. Auf die Antwort: er könne ihm doch nicht helfen, erwiderte derselbe, daß er wohl es vermöge, und erfuhr dann die ganze Sache. »Du sollst einen Schein für die Zahlung bekommen, wenn du thust, was ich von dir verlange,« sprach der Jäger, und darauf der Andere: »Ja, sofern es mir an Leib und Seele keinen Schaden bringt.« Ungesäumt nahm nun der Jäger den Mann auf die Schultern und trug ihn windschnell zu einem großen Schlosse, wo er ihn absetzte und zu ihm sagte: »Geh' hinein! hinter der dritten Thüre wirst du den Mönch finden, mit dem du den Kauf abgeschlossen hast; begehre von ihm den Schein, und wenn du ihn empfangen, so ziehe den Dreien, welche an dem Tische sitzen, die Stolen ab und lege sie auf diesen; alsdann mache dich fort, aber unterstehe dich nicht, einen Blick zurück zu thun!« Ohne Bedenken ging der Bauer in das Schloß und fand in dem bezeichneten Gemach den verstorbenen Mönch, welcher mit zwei abgeschiedenen Geistlichen seiner Bekanntschaft an einem Tische Karten spielte. Auf die Bitte des Mannes um den Schein pfiff er Einen herbei, von dem er sich Schreibzeug bringen ließ, schrieb den Schein und gab ihn dem Bauer. Nach diesem nahm letzterer den drei Geistlichen die Stolen ab, legte sie auf den Tisch und ging hinweg. Unter der Thüre schaute er um und sah, daß an den Geistlichen hohe Flammen emporschlugen. Als er draußen zu dem Jäger kam, sprach derselbe: »Du hast umgeschaut und deßhalb verdient, daß ich dich etliche Tage da in der Hölle ließe; weil du aber sonst deine Sache recht gemacht, will ich dir die Strafe schenken!« Hierauf nahm er ihn wieder auf die Achseln und trug ihn windschnell an die Stelle zurück, wo er ihn früher aufgeladen. Den Schein zeigte der Mann beim Amte Rheinbischofsheim vor und wurde nunmehr von der nochmaligen Zahlung freigesprochen.

88.

Mariabild zu Steinbach.

In einem ungebrauchten Stalle zu Ottenhofen ertönte einstmals lieblicher Gesang aus dem Boden. Der Hauseigenthümer grub auf dem Platze nach, fand ein hölzernes Standbild, welches die seeligste Jungfrau mit dem Jesuskindlein vorstellte. Beim Graben hatte der Kopf Marias den Riß bekommen, welcher noch vorhanden ist. Nachdem hinter dem Stalle, im Garten, ein hölzernes Kapellchen errichtet war, wurde das Bild hineingestellt und nachher viel besucht und reichlich beschenkt. Weil diese Andacht keine Genehmigung hatte, so ließ der Pfarrer zu Steinbach, wohin Ottenhofen gehört, in einer Nacht das Bild durch einen Mann in seine Kirche holen; allein in der Frühe stand es wieder im Kapellchen, und eben so am folgenden Morgen, nachdem es in der Nacht zuvor, wie das erste Mal, fortgenommen worden war. Hierauf holten es die Steinbacher in feierlichem Bittgang in ihre Kirche und stellten es am Schwibbogen des Chors auf, wo es denn auch blieb und fortfuhr, mit Gnaden zu leuchten. Ungeachtet dessen ließ ein späterer Pfarrer, zum Ärger der Gemeinde, das Bild hinten hin, unter den Glockenturm, setzen. Da sah man das Innere der Kirche, mehrere Nächte nach einander, hell erleuchtet, und als eines Tages Leute vor dem Bilde beteten, fiel plötzlich eine brennende Kerze, die dort aufgesteckt war, in zwei Hälften gespalten herunter. Auf dieses wurde das Bild wieder an seinen vorigen Platz gestellt, wo es noch steht und mit großem Vertrauen verehrt wird.

89.

Meisterschuß.

Als im Jahre 1796 eine Kriegsschaar Neufranken auf der Landstraße von Scheuern gegen Baden rückte, ritt der Oberst mit seinem Feldgehülfen und seinem Bedienten an der Spitze. Auf einmal pfeift eine Büchsenkugel vom Berge herab und streckt alle Drei todt darnieder. Der Schuß geschah aus großer Entfernung von einem österreichischen Scharfschützen, der darauf über das Gebirge sich davon machte. Seitwärts des Platzes, wo die Drei gefallen, wurden sie beerdigt und ihre Gräber mit drei niedern Steinkreuzen bezeichnet.

90.

Bund mit dem Teufel.

Ein Müller in Baden sollte seine baufällige Mühle herstellen lassen, allein er hatte dazu keine Mittel. Hierüber betrübt, stand er eines Morgens unter seiner Hausthüre, da kam ein fremder Mann in reicher Kleidung zu ihm und fragte ihn, was ihm fehle. Als der Fremde es erfahren hatte, versprach er, dem Müller Geld zu verschaffen und führte ihn in der dritten Nacht in das Gewölbe des alten Schlosses. Dort holte er ein Gebund Schlüssel hinter einem Felsen hervor und machte damit an der Wand eine Eisenpforte auf, durch die sie in einen Saal und durch eine zweite solche Thüre in ein kleineres Gewölbe kamen, worin eine eiserne Kiste stand. Diese öffnete der Mann auch mit den Schlüsseln und hieß dann den Müller von dem Silbergeld, womit sie gefüllt war, so viel nehmen, als er tragen könne. Gierig füllte derselbe den Sack, welchen er mitgebracht hatte; alsdann schloß der Mann die Kiste und beim Weggehen die Thüren wieder zu, legte die Schlüssel hinter den Felsen und begleitete, ohne viel zu reden, den Müller bis zu dessen Hause. Ohne Säumen ließ nun dieser seine Mühle niederreißen und eine neue bauen; aber lange ehe sie fertig, war das Geld ausgegeben. Da ging er in der Nacht mit dem Sacke wieder auf das alte Schloß, fand richtig hinter dem Felsen die Schlüssel und gelangte mittelst ihrer in das kleine Gewölbe, wo er auf der Kiste einen schwarzen Pudel liegen sah. Nicht ohne Zagen hieß er ihn heruntergehen, was derselbe auch gleich that und damit verschwand. Hierauf machte der Müller die Kiste auf, nahm daraus so viel Geld, als in den Sack ging und verschloß sie wieder. Während dessen war die Gewölbthüre zugefahren und als er fortgehen wollte, konnte er sie, trotz aller Anstrengung, nicht mehr aufbringen. Erschöpft und voll Angst setzte er endlich sich nieder, da öffnete sich plötzlich die Thüre, und herein trat ein stattlicher Jäger. Grimmig fuhr dieser ihn an, daß er ihm so viel Geld habe stehlen wollen, und drohte, ihn in Stücke zu reißen, wenn er nicht gleich sich verbindlich mache, ihm nach 15 Jahren seine Seele zu überlassen. Obschon der Müller nun wußte, daß er es mit dem Teufel zu thun habe, so schrieb er doch in seiner Noth den Vertrag nieder, worauf er mit dem Sacke voll Geld heim gehen durfte. Eifrig betrieb er nun den Fortbau der Mühle, während dessen er wenig seines Vertrags mit dem Bösen gedachte. Später aber machte ihm derselbe mehr Unruhe und, als 10 Jahre um waren, solche Angst, daß er halbe Tage in der Kapuzinerkirche mit ausgespannten Armen betete. Dieses fiel im Kloster auf und bewog den Guardian, ihn um die Ursache seines Kummers zu fragen. Lange wollte er mit der Sprache nicht heraus; endlich aber erzählte er, wie er in des Teufels Schlinge gerathen. Da rieth ihm der Guardian, zu ihm in's Kloster zu ziehen und ein strenges Bußleben zu führen, was er auch bis zu dem Tage that, an welchem seine Frist ablief. Nachdem er an demselben gebeichtet und kommuniziert hatte, nahmen ihn die Kapuziner an dem Hochaltar in ihre Mitte und erwarteten den Bösen. Zur bestimmten Stunde kam auch dieser an die Kirchthüre und forderte die Auslieferung des Müllers; der Guardian aber erklärte ihm, daß er an demselben keinen Theil mehr habe, und beschwor ihn, die Handschrift herauszugeben. So sehr der Teufel auch widerstrebte, so mußte er endlich doch sie zur Thüre hineinwerfen, worauf er mit grimmigem Gebrüll davonfuhr. Nach diesem blieb der Müller noch drei Jahre im Kloster, und als er dann in die Welt zurückkehrte, setzte er das gottselige Leben fort bis an sein Ende.

91.

Geist vertragen.

Vor etwa hundert Jahren starb in Baden ein Wirth und spukte darauf in seinem Keller, wo er an die Fässer klopfte und andern Lärm machte. Um ihn los zu werden, ließ seine Frau einen frommen Pater aus dem Kapuzinerkloster kommen, der von ihr ein Stück Kölsch begehrte und mit demselben und zwei brennenden Kerzen nach der Abendglocke in den Keller ging, worin der Geist schon umher polterte. Unbeirrt durch dessen Gebrüll, vollbrachte der Pater die Beschwörung, ließ dann von dem Hausknecht, welcher oben an der Kellertreppe hatte warten müssen, den zusammengerollten Zeug hinauftragen und sagte ihm, er solle denselben auf die Teufelskanzel bringen. Der Knecht verweigerte jedoch, seinen Herrn aus dem Hause zu tragen, und schlug dazu einen Mann von Selbach vor, der, ohne zu wissen, was vorgehe, im Haus übernachte und beim Heimgehen ohnehin zur Teufelskanzel komme. Gegen das angebotene Trinkgeld übernahm der Mann gerne das Geschäft, aber statt den Kölsch am bestimmten Orte abzuladen, brachte er ihn seiner Frau als einen Fund, welchen er unterwegs gemacht habe. Voll Freude rollte sie den Zeug auseinander, da hüpfte eine große Kröte heraus und unter den Ofen, wo sie noch heute sitzt, in der Nacht ächzet und durch kein Mittel wieder fortgeschafft werden kann.

92.

Lichtenthals Erbauung.

Anfänglich wollte man das Kloster Lichtenthal am sonnigen
Schafsberg erbauen, da, wo jetzt das Pächterhaus steht;
allein in der Nacht wurden die Steine und das Holz durch
die Engel hinweg und zum winterlichen Leusberg getragen.
Das Gleiche geschah in den zwei folgenden Nächten,
nachdem die Baustoffe jedesmal an den Schafsberg
zurückgeschafft worden waren. Nunmehr baute man das
Kloster auf dem vom Himmel bezeichneten Platze, wo es
auch noch heute steht und in geistlicher Schönheit
fortblüht. Über ihm wurde neuerlich, in einigen
Adventsnächten, stundenlang in der Luft beten gehört.

93.

Erdweiblein.

In dem K ü ch en fels en zu Oberbeuren hatten ehemals schöne Erdweiblein ihre Wohnung und Küche, und von der letztern schreibt sich sein Name her. Diese Weiblein lud einst die Frau des Hauses, zu welchem der Felsen gehörte, mit den Worten ein:

> »Kommet her, ihr Armen,
> Esset auch von dem Warmen!«

worauf sie zu ihr gingen und sich den vorgesetzten frischen Zwiebelkuchen trefflich schmecken ließen. Von nun an standen sie mit den Leuten dieses Hauses in freundschaftlichem Verkehre. Aus dem Teig, welchen dieselben Abends eingelegt, bucken sie ihnen in der Nacht das Brod, und zur Arbeit auf dem benachbarten Acker brachten sie ihnen aus ihrer eigenen Küche Essen. Die silbernen Geschirre, worin dieses enthalten war, sowie die dazu gehörenden Silberbestecke mußten jedoch von den Leuten wieder auf den Acker gestellt werden, von wo die Weiblein sie dann zurückholten.

Einmal aber behielt der Knecht eine der Gabeln für sich zurück, und auf dieses ließen die Weiblein sich nicht mehr blicken; obwohl man den Rauch ihrer Küche noch manchmal aufsteigen sah.

Nach der Aussage eines verfahrenen Schülers liegen in dem Felsen große Reichthümer verschlossen, und er versicherte, denselben mit drei Rosmarinstengeln öffnen zu können.

Abweichend erzählen Andere so:

Um sich gegen die Erdweiblein erkenntlich zu zeigen, ließen

die Leute des Hauses für sie neue Hemden machen, und legten dieselben Abends auf die Backmulde. Als die Weiblein der Hemden ansichtig wurden, gingen sie, ohne sie zu berühren, sogleich hinweg und ließen nie sich wiedersehen.

94.

Fordere den Teufel nicht heraus.

Einst gingen zwei Beurener Männer, spät in der Nacht, von Gernsbach heim. Unterwegs zieht der jüngere seine drei Messer hervor, fährt damit wild in der Luft umher und ruft: »Heute wollte ich es mit drei Teufeln aufnehmen!« Als sie an die verrufene Stelle »Müllenbild« kommen, sagt er, wohin deutend, zum ältern: »Sieh, dort stehen drei!« Derselbe kann niemand erschauen, gleich darauf aber sieht er, daß sein Begleiter von ihm weg und, ellenhoch über dem Boden schwebend, gegen Gernsbach zurückschießt. Eilends läuft er ihm nach, vermag aber nicht, ihn einzuholen und ruft endlich: »Geh in Gottes Namen, ich kann dir nicht mehr helfen!« Auf dieses steht der andere, am ganzen Leibe zitternd, rückwärts von ihm, im Straßengraben. Nachdem er sich etwas erholt hat, spricht er: »Die Drei waren gehörnte Teufel, welche mich packten und fortschleppten und dabei zerkratzten, zerschlugen und so würgten, daß ich keinen Laut ausstoßen konnte; um vor ihnen sicher zu seyn, will ich nächstens zur Beicht gehen, was ich seit drei Jahren nicht mehr gethan habe.«

95.

Seefrauen.

Einem Forbacher Holzhauer, welcher beim Herrenwieser See beschäftigt war, brachte ein Weiblein aus demselben Monate lang das Mittagsessen; er sollte aber, wie sie ihm gleich Anfangs gesagt, es niemand offenbaren. Seiner Frau fiel endlich auf, daß er das Essen, welches sie ihm mitgab, meistens zurückbrachte, und sie fragte ihn so lange und dringend um die Ursache, bis er ihr dieselbe entdeckte. Als er am andern Tage wieder beim See arbeitete, kam das Weiblein mit zwei Gebund Stroh und sagte, daß sie ihm, weil er die Sache ausgeplaudert, kein Essen mehr bringe, ihm jedoch zum Abschiede noch die zwei Bunde Stroh schenke, die er sorgfältig bewahren solle. Hierauf ging sie nach dem See zurück. Trotz ihrer Ermahnung, warf der Mann auf dem Heimwege das Stroh weg; ein Hälmchen aber blieb ihm am Ärmel hängen, das er zu Hause in Gold verwandelt fand. Eilig begab er sich nun auf den Platz, wo er das Stroh hingeworfen, allein da war nichts mehr zu finden.

Einst holte ein Seeweiblein die Forbacher Hebamme, um einer Frau im See bei deren Niederkunft beizustehen. Als sie an ihn kamen, schlug das Weiblein mit einer Ruthe hinein, worauf das Wasser sich theilte, und sie trockenen Fußes, eine Treppe hinab, in schöne Gemächer gelangten. In einem derselben lag die Frau, und mit Hilfe der Wehmutter wurde sie glücklich entbunden. Zum Lohn erhielt die Hebamme ein Bündel Haberstroh, welches sie, noch im See, verächtlich wegwarf. An ihrem Schuh blieb aber ein Halm hängen, und als sie aus dem Wasser war, fand sie ihn in eitel Gold verwandelt. Nun bereute sie zu spät, das Bündel weggeworfen zu haben.

An hohen Festen pflegten Seejungfrauen nach Forbach in die Kirche, und an Fastnacht und Kirchweihe in das Löwenwirthshaus zum Tanze zu kommen. Sie waren zart und schön, wie aus Milch und Blut, hatten die Tracht der Schwarzwälderinnen und Röslein auf den Strohhüten. Um zehn Uhr des Abends mußten sie stets zu Hause seyn, und darum gingen sie immer früh vom Tanzboden weg. Einmal aber verspätete sich eine von ihnen, welche eine Liebschaft mit einem Forbacher Burschen hatte, und als er sie zum See begleitete, bat sie ihn, am Ufer zu warten, wenn sie in's Wasser gestiegen sey. Werde dieses dann milchweiß, so habe sie kein Leid erfahren; werde es aber blutig, so sey sie, wegen ihrer Verspätung, umgebracht worden, und er solle eiligst entfliehen, sonst koste es auch ihm das Leben. Nicht lange hatte der Bursch gewartet, so sah er im See Blut emporsteigen und ergriff schleunig die Flucht. Nachher sind keine Seejungfrauen mehr nach Forbach gekommen.

96.

Forbachs ältestes Haus.

Zur Zeit, wo die Gegend von Forbach noch eine Wildniß war, stand darin einsam der S c h r a m b e r g e r   H o f, von dem jetzt allein der Keller übrig ist. Als der Hofbauer einen Sohn bekam, ließ er ihn erst nach acht Jahren in Rothenfels taufen, wofür er dem Pfarrer ein Kalb mitbrachte.

97.

Verwünschung.

Ein Mann von Forbach wollte aus seiner Bergscheuer bei der Wolfsgrube Heu holen und traf dort einen ausgeschriebenen Wilderer. Derselbe bat ihn, ihm Brod herzubringen, was der Mann auch versprach und ihn da warten hieß. Statt Brodes brachte er aber Bewaffnete mit und nahm den Wilderer gefangen. Für dessen Einlieferung erhielt er beim Oberamt zwanzig Gulden Blutgeld auf rothes Tuch ausgezahlt. Ehe der Wilderer hingerichtet wurde, sprach er zu dem Manne: »Weil du mich so schändlich verrathen hast, sollst du nicht mehr die Sonne anschauen!« Diese Verwünschung ging sogleich in Erfüllung, und der Mann mußte bis zu seinem Tode stets unter sich sehen.

98.

Der Wolfsstein.

Auf dem Happersberge ward einmal ein weidender Ochse von einem Wolf angefallen. Er nahm ihn aber auf die Hörner und drückte ihn so lange an einen Felsen, bis er (der Wolf) todt war. Seit dieser Zeit wird der Felsen der Wolfsstein genannt.

99.

Knorr.

Bei seinen Lebzeiten war Knorr Zollbeamter im badischen Murgthal, wo er einen hohen Zoll auf die Frucht legte und dadurch die Leute schwer bedrückte. Zur Strafe hierfür muß er seit seinem Tode, ohne Hoffnung auf Erlösung, daselbst umgehen, besonders zu Gernsbach in seinem Hause, in der daran stoßenden Mistgasse und auf der dortigen Murgbrücke. Er zeigt sich nur in fruchtbaren Jahren, vom Abendgeläute bis zur Frühglocke, aber in allerlei Gestalten, namentlich als Jäger, altes Weib mit langen, herabhängenden Haaren, Bär, Stier, Pferd, Esel, Kalb, großer, schwarzer Hund mit mächtigen Feueraugen, Schwein, Bock, weiße Ziege, Schaf, Katze, Gans, große Schlange und Wergbund. Die Leute zu foppen, ist seine Gewohnheit, daher man am besten thut, wenn man ihn trifft, stillschweigend an ihm vorbeizugehen, damit er keine Gewalt über einen bekomme.

Eine Gernsbacher Frau, der er sich als Esel über einen Waldpfad legte, wollte ihn schimpfend mit dem Fuße wegstoßen; da sprang er ihr auf den Rücken und ließ sich bis an die Stadt tragen.

Ebenso mußte ihn ein Mann aus Forbach, welchem er sich als Kalb aufsetzte, bis unter die Dachtraufe seines Hauses schleppen.

Auch in Hilpertsau, Obertsroth, auf der Gernsbacher Brücke, hat er sich schon als Schaf oder Hund von spät Heimgehenden huckeln lassen.

Auf einem Brücklein zwischen Staufenberg und Gernsbach packte einmal ein Mann ein einzelnes Schwein auf; aber plötzlich stand er im Wasser, und das Schwein, welches der

Knorr gewesen, war verschwunden.

Beim Heimgehen nach dem Ausrufen sah einst der Weißenbacher Nachtwächter am Pfarrhaus ein Gebund Werg liegen, das er aufhob und unter seinen Rock stecken wollte. Da bemerkte er, daß das Werg ein Paar Augen bekomme, und der Knorr sey, weßhalb er es eilig hinwegwarf.

Als ein solches Gebund hat Knorr auch auf der Hilpertsauer Brücke sich sehen lassen und vor Darübergehenden hin und her gewälzt. An dieser Brücke stand früher ein kleines Haus, welches das K n o r r h ä u s l e i n genannt wurde.

Wenn er als Katze erscheint, rollt er sich zuweilen den Leuten unter die Füße, daß sie über ihn fallen, und auch in andern Thiergestalten legt oder stellt er sich ihnen häufig in den Weg, und wenn sie ihm ausweichen, ist er öfters gleich wieder hart vor ihnen.

Vor manchen ist er schon im Zickzack hergelaufen; viele sind von ihm irregeführt, mehrere beohrfeigt und andere mit Gewalt in die Murg gestellt worden.

100.

Der Grafensprung.

(Abweichung von Nr. 160 des Hauptwerkes.)

Auf der Burg Neueberstein waren einmal drei Grafen und Brüder, welche über die Theilung ihrer Güter lange nicht einig werden konnten. Endlich kamen sie überein, daß derjenige von ihnen sie alle erhalten solle, der den steilen Abhang des Schloßbergs gegen die Murg drei Mal hinauf und herab reiten werde. Der Jüngste unternahm es zuerst und gelangte zwei Mal glücklich hinauf und herunter; beim dritten Aufritt aber stürzte er mit dem Pferd in die Tiefe und brach das Genick. Hierdurch abgeschreckt, verglichen sich die beiden andern in brüderlicher Weise; auch nahmen sie, zum immerwährenden Andenken, in ihr Wappen drei Männer auf, deren einer ohne Kopf ist. Von dem Vorgange trägt der Abhang den Namen G r a f e n r i e s oder G r a f e n s p r u n g.

101.

Erdweiblein.

Die E r d w e i b l e i n s h ö h l e im kleinen Lautenfelsen trägt diesen Namen wegen der Erdweiblein, welche vordem darin wohnten. Zwei von ihnen, holdselige Mädchen, pflegten Abends mit ihren Spindeln nach Lautenbach in die Spinnstube und, wenn Tanz war, auch zu diesem zu kommen. Stets aber gingen sie vor Mitternacht weg, weil sie über dieselbe nicht ausbleiben durften. Einst, beim Fortgehen, wurden sie von einem Anwesenden gefragt, was sie in ihren hinaufgebundenen Schürzen hätten, worauf die eine antwortete:

> »Hättest Du mich eher gefragt,
> Hätte ich Dir es gesagt.«

Von Tag zu Tag gewannen die Bursche die beiden Mädchen lieber, und einmal, beim Tanze, vermochten sie sie, bis nach Mitternacht zu bleiben. Als dieselben darauf heim wollten, baten sie die Bursche, sie zu begleiten und am Felsen zu warten, wenn sie hineingegangen. Fließe dann Blut aus ihm, so seyen sie, wegen ihrer Verspätung, umgebracht worden; komme aber Milch heraus, so hätten sie kein Leid erfahren. Nicht lange waren sie im Felsen, so quoll Blut daraus; und nachher sind keine Erdweiblein mehr in Lautenbach gesehen worden.

Andere erzählen: die Erdjungfrauen seyen allein heimgegangen; sie hätten aber ein Messer zurückgelassen und gesagt, wenn sie, wegen ihres Verspätens, getödtet würden, so werde das Messer blutig werden, und dieses sey auch geschehen.

102.

Schatz bei Gernsbach.

Dem Taglöhner eines Gernsbacher Gutsbesitzers träumte drei Nächte nacheinander: er solle auf einem gewissen Acker seines Herrn, im Bezirk E n t e n s e e, zackern und die Mäuse, die dabei zum Vorschein kämen, unbeschrieen todtschlagen und sorgfältig bewahren; denn sie seyen Silbermünzen. Am Morgen darauf wurde er vom Gutsbesitzer, der von dem Traume nichts wußte, beauftragt, den erwähnten Acker zu pflügen. Um dabei die Ochsen zu leiten, nahm er einen Buben mit, dem er befahl, während der ganzen Arbeit nichts zu reden. Beim Zackern kamen eine Menge Mäuse aus dem Boden und sprangen dem Manne nach; er schlug sie stillschweigend todt, legte sie auf einen Haufen und deckte etwas darüber. Auf einmal merkte er, daß die Pflugschaar in etwas stecke, und als er nachsah, fand er sie im Ringe eines Kessels, der ganz voll Geld war. Über das öftere Halten ungeduldig, rief jetzt der Bube dem Taglöhner, fortzumachen, und da sank der Kessel dröhnend in die Tiefe. Nachdem der Mann den Buben wegen des Rufens tüchtig gezankt hatte, schaute er nach dem Haufen Mäuse, und siehe, sie waren zu lauter silbernen Geldstücken geworden.

In zwei Jahren, am ersten März, Vormittags zwischen zehn und elf Uhr, sahen die Leute, welche dem Acker gegenüber wohnten, auf dem Platze, wo der Kessel versunken, etwas Glänzendes liegen. Beim zweiten Mal dachte der Mann, es sey ein Schatz und ging stillschweigend darauf zu; aber unterwegs wurde er von einer Frau gefragt, wo er hin wolle, und im Augenblick war das Glänzende verschwunden.

103.

Der Bildstock am Hördtelstein.

Ehe die jetzige Landstraße durch das Murgthal gemacht war, zog mitten an der flußbespülten Felswand des Hördtelsteins ein Fußpfad hin. Damals fuhr ein Mühlknecht von Ottenau, um Frucht zu holen, nach Hördten und schlief auf dem Wagen ein. Am Hördtelstein schlug das Pferd, statt auf dem Fahrweg zu bleiben, den erwähnten Fußpfad ein und kam glücklich über den Felsen. Als der Mühlknecht gleich darauf erwachte, erkannte er, wie wunderbar er mit seinem Gefährt erhalten worden sey. Zum Danke dafür ließ er an der Stelle einen steinernen Bildstock errichten, auf dem ein kleines Kruzifix ausgehauen ist.

104.

Schätze bei Michelbach.

Auf einer Wiese steht ein großer Nußbaum, welcher vom Wind schon zwei Mal mit der Wurzel ausgerissen worden ist, jedes Mal aber sich selbst wieder aufgerichtet und im Boden festgestellt hat, weil, noch aus der Heidenzeit, Geld unter ihm vergraben liegt.

Auch da, wo das Bergschloß gestanden, ist ein Schatz verborgen, und es zeigt sich dort eine Schlange, die einen goldenen Ring mit drei Schlüsseln um den Hals hat.

Auf der Klotzwiese gehen drei weiße Jungfrauen um, die öfters wunderschön singen und am angrenzenden Bache waschen. Eines Tages riefen sie einen vorübergehenden Mann von Sulzbach zu sich und sagten ihm, er könne sie erlösen und den großen Schatz, welchen sie hüten müßten, gewinnen, wenn er sie in den Gestalten, worin sie ihm erscheinen würden, küßte, wobei er nichts zu befürchten habe. Nachdem er sich bereit erklärt, ward er von ihnen zu einem Felsen des nahen Münzbergs geführt, an welchem er jetzt zum ersten Mal eine Thüre erblickte. Durch dieselbe kamen sie in ein Gewölbe, worin drei Kisten standen, auf deren jeder ein schwarzer Hund lag. Auf Geheiß der Jungfrauen sprangen die Hunde herab, und jene öffneten die Kisten, deren eine mit Kupfer, die zweite mit Silber, die dritte mit Gold gefüllt war. Nach diesem standen, statt der Jungfrauen, eine Kröte, eine Schlange und ein Drache da. Den zwei erstern gab der Mann je einen Kuß; den Drachen aber vermochte er nicht zu küssen, sondern fiel in Ohnmacht. Als er wieder zu sich kam, lag er außen, beim Felsen, die Jungfrauen standen traurig um ihn und sagten ihm, sie müßten jetzt wieder warten, bis aus einem Kirschkern, welchen ein Vogel am Münzberg fallen lasse, ein

Baum geworden und aus diesem eine Wiege für ein neugebornes Kind gemacht sey; dieses Kind erst könne, wenn es erwachsen, sie erlösen. Hierauf verschwanden sie. Der Mann gelangte mit Mühe nach Hause und starb in drei Tagen.

105.

Die Entstehung der Wallfahrt zu Moosbronn.

1) Aus dem Lindenbaum, an dessen Fuß die Moosalb entspringt, ertönte einst lieblicher Gesang. Man suchte nach und fand in dem Stamme ein anmuthiges Mariahilfsbild. Nachdem nun noch, nächtlicher Weile, auf einen nahe gelegenen Platz überirdisches Feuer gefahren war, erbaute man auf demselben eine Kapelle und setzte darin das Bild zur Verehrung aus. Alsbald leuchtete es mit Wundern, und auch das Holz der Linde und das Wasser der Quelle erwiesen sich gegen verschiedene Übel heilkräftig.

2) Mit einem schwer beladenen Wagen Holz fuhr ein Mann den schroffen Mahlberg hinunter. An der jähsten Wegstelle brachen die Radsperren, und nun rollte der Wagen, mit Pferden und Mann, unaufhaltsam abwärts. In dieser großen Noth rief letzterer: »O Maria hilf!« und augenblicklich stand das Fuhrwerk auf dem steilen Abhange still. Wegen dieses Wunders ward im Thale eine Mariahilfskapelle erbaut, zu welcher bald von nah und fern Pilgerfahrten geschahen[9].

[9] Keine der beiden Erzählungen findet sich in den Moosbronner Pfarrschriften.

106.

Steine in Geld verwandelt.

Ein Niederbühler Bube sah einst an der Wassergrube, welche das G l o c k e n l o c h heißt, kleine Steine aufgehäuft liegen und warf etliche so darüber, daß sie auf der Oberfläche dahin hüpften. Sobald sie das Wasser berührten, schimmerten sie wie Silber. Er füllte deßwegen seine Kappe mit Steinen von dem Haufen, und als er dieselben zu Hause ausleerte, fand er sie zu werthvollen Silbermünzen geworden. In Begleitung seines Vaters eilte er sogleich zu dem Glockenloch, konnte aber den Steinhaufen nicht mehr entdecken. Sie nahmen nun ähnliche Steinchen von da mit; allein dieselben wollten sich nicht in Geld verwandeln.

107.

Der Rötterer Berg bei Rastatt.

(Zu Nr. 170 des Hauptwerkes.)

Dieser Berg war schon Nachts von spukhaftem Schein umgeben. Einst brach ein Mann sich dort eine Blume ab und fand sie zu Hause in einen goldenen Schlüssel verwandelt.

Ein anderes Mal bemerkten vorbeigehende Burschen am Berg eine Menge Kröten. Der Dummste steckte einige zu sich, und als er sie daheim hervorzog, waren sie zu eitel Gold geworden.

Zwei Knaben und Brüder von Rastatt, welche im Wald Holz gelesen hatten, sahen beim Heimgehen das weiße Fräulein an der Schuhuhütte stehen und ihnen winken, zu ihr zu kommen. Der ältere wagte es, wurde von ihr in die Hütte geführt und mit einem Sack voll Geld beschenkt. Kaum hatte er ihn mit Mühe zu seinem in der Nähe wartenden Bruder gebracht, so kam ein Mann aus der Rheinau, der von einer benachbarten Wiese alles mit angesehen, und wollte ihnen den Sack mit Gewalt wegnehmen. Auf ihr Geschrei trat jedoch der alterthümlich gekleidete Jäger hinter der Schuhuhütte hervor, schlug sein Gewehr auf den Mann an und jagte ihn dadurch in die Flucht. Alsdann half er den Knaben, den Sack forttragen, bis zufällig ein Wagen herbeikam. Dem Führer desselben gab der Jäger ein großes Trinkgeld, damit er die Buben nebst dem Sacke nach Hause fahre, und empfahl ihm, es ja gut zu besorgen. Überdies blieb er (aber nur dem ältern Knaben sichtbar) so lange bei dem Fuhrwerk, bis die Buben mit dem Gelde bei ihren hocherfreuten Eltern waren. Der Mann aus der Rheinau starb, in Folge des Schreckens, nach drei Tagen.

108.

Steinbild in Sulzbach[10].

Auf dem F r e i h o f zu Sulzbach hat vor Zeiten ein Schloß gestanden, das von einem adeligen Geschlecht bewohnt worden ist. Von diesem waren zuletzt nur Bruder und Schwester übrig; sie zeugten miteinander ein Kind und wurden deshalb enthauptet. An dem Sulzbacher Kelterhaus war früher ein Stein eingemauert, worauf die beiden Geschwister, ohne Köpfe, und das Kind ausgehauen waren.

[10] Im Amt Ettlingen.

109.

Doppelmord wegen eines halben Kreuzers.

Zwei wandernde Metzgergesellen bettelten in einem Hause zu Ettlingen und erhielten einen Kreuzer. Denselben wollte der Empfänger für sich behalten, der andere machte aber auf die Hälfte Anspruch. Hierüber geriethen sie mit einander in Streit, der eine zog ein langes Messer, der andere eine Hippe[11] hervor, sie fielen sich an und tödteten sich gegenseitig. Dies geschah am Ende der Stadt, Schöllbronn zu, und es stehen deßhalb am dortigen Wege zwei niedere Steinkreuze, auf deren einem eine Hippe, auf dem andern ein Messer eingehauen ist.

[11] Winzermesser.

110.

Messe nachgeholt.

Eines Abends ward in die Ettlinger Kirche zufällig ein Schulbube eingeschlossen, der während der Betstunde darin eingeschlafen war. Tief in der Nacht erwachte er; am Altare brannten die Lichter und an dessen Fuß stand ein Priester allein und begann die Messe. Nachdem er das *Introibo* gesprochen, schaute er auf beide Seiten, ob nicht ein Diener da sey, der ihm antworte, und als er keinen erblickte, machte er das Buch auf dem Altare zu und ging mit dem Kelch wieder in die Sakristei. Augenblicklich erloschen die Lichter von selbst, und den Knaben befiel eine solche Angst, daß er zur Thüre eilte, und als er sie verschlossen fand, um Hilfe rief. Dies hörte der vorübergehende Nachtwächter; er holte den Meßner und derselbe ließ den Buben aus der Kirche und führte ihn am Morgen zum Pfarrer. Nachdem dieser sich Alles hatte erzählen lassen, unterrichtete er den Knaben im Meßdienen und sagte ihm hierauf, was er zu thun habe. Vor Mitternacht begaben sich dann Beide in die Kirche, wo nach einer Weile die Altarkerzen sich von selbst entzündeten und wieder der Priester aus der Sakristei kam und sich anschickte, Messe zu lesen. Ungesäumt trat nun der Bube hinzu und diente ihm; aber nach der Messe ging nicht er, sondern der Pfarrer mit in die Sakristei. Dort von letzterem befragt, warum er im Grabe keine Ruhe habe, antwortete der Priester: »Als ich starb, war ich noch eine Messe schuldig, und um sie nachholen zu können, habe ich viele, viele Jahre auf einen Diener gewartet. Jetzt ist sie abgehalten, und ich gehe zu Gott, bei dem ich Deiner und des Knaben nicht vergessen werde!« Nach diesen Worten verschwand er.

111.

Burgstadel.

(Zu Nr. 186 des Hauptwerkes.)

Die Frau des Wattmüllers erblickte eines Tages auf dem Platze, wo das Schloß gestanden, einen offenen Keller, den sie vorher nie gesehen hatte. Sie stieg dessen Treppe hinab und bemerkte unten drei Kisten mit Geld. Eilends ging sie weg, um ihren Mann zu holen; aber als sie mit demselben zurückkam, war der Keller verschwunden.

Bei dem Burgstadel war einem Mann ein Schwein verlaufen. Mit einer Gerte, die er sich aus einer Haselstaude schnitt, suchte er es im Gebüsche, wobei er zufällig mit ihr die Bergwand berührte. Da öffnete sich diese und zeigte ein Gewölbe, worin das weiß gekleidete Fräulein und verschiedene Kisten waren. Auf einer der letztern lag ein Hund mit einem Bund Schlüssel im Maule. Nachdem der Mann eingetreten, nahm das Fräulein die Schlüssel und machte damit die Kisten auf, welche voll Geld und Kostbarkeiten waren. »Nimm Dir davon, so viel Du willst,« sprach sie zu ihm, »aber vergiß das Beste nicht!« Ohne Säumen warf er die Gerte weg und packte von den Schätzen ein, so viel er fortbringen konnte. Als er damit im Freien war, schaute er nach dem Gewölbe um; aber da war der Berg wieder zu, und er erkannte nun, daß er das »Beste«, nämlich die Haselgerte, zurückgelassen habe.

Bei Tagesanbruch sah einmal der Knecht aus der Sägmühle das Fräulein an der Alb einen Kübel füllen und ihn auf den Berg tragen. Er erzählte es seinem Herrn, auf dessen Rath er am andern Morgen abermals an den Fluß ging und das Fräulein, welches wieder Wasser holte, fragte, was sie da mache. Sie erwiderte ihm, er möge ihren Kübel nehmen und ihr damit auf den Burgstadel folgen, was er auch ohne viel Bedenken that. Oben traten sie durch eine Höhle in das Schloß, worin viele Kisten und ein Faß standen, bei dem ein Hund auf einem Lotterbette lag. Nachdem das Fräulein den Kübel in das Faß ausgeleert hatte, sagte sie zu dem Knecht, er würde sie erlösen und alle die Schätze in den Kisten bekommen, wenn er den Frosch, worein sie sich verwandle, trotz des heftigen, aber unschädlichen Gebells des Hundes, dreimal mit der Hand um das Faß trüge. Beim ersten Gang um dieses bellte der Hund stark, beim zweiten noch stärker, beim dritten aber so fürchterlich, daß der Knecht den Frosch fallen ließ. Da war es um die Erlösung geschehen, und es erschien ein alter Mann und führte den Knecht zum Berge hinaus.

Als einst ein Schäfer beim Weiden oberhalb der Kalbenklamm ein Stücklein blies, kam das Fräulein und sagte ihm, er solle mit ihr gehen, seine Heerde werde unterdessen bestens gehütet. Auf dieses folgte er ihr und ward an einen Platz voll Schlüsselblumen geführt, deren er eine abbrechen und auf den Burgstadel mitnehmen mußte. Dort war eine Thüre sichtbar, welche er auf seiner Führerin Geheiß mit der Blume wie mit einem Schlüssel aufschloß. Sie gingen hinein und kamen zu drei Kisten, auf deren einer ein schwarzer Pudel lag. »Öffne die Kisten mit der Blume«, sprach das Fräulein zu ihrem Begleiter, »und nimm daraus, so viel Du willst, aber vergiß das Beste nicht!« Nachdem der Hund herab gesprungen war, schloß der Schäfer mit der Blume die Kisten auf und fand sie mit Schafzähnen gefüllt. Ohne große Freude steckte er damit seine Taschen voll und trat dann, die Blume zurücklassend, allein den Rückweg an. Kaum war er aus dem Berge, so rief ihm eine Stimme klagend nach: »Du hast das Beste vergessen!« Seine Heerde traf er schön beisammen und vergaß über ihr die mitgenommenen Schafzähne. Erst am nächsten Morgen dachte er wieder an dieselben; aber statt ihrer fand er in seinen Taschen lauter Goldstücke. Sogleich eilte er auf den Burgstadel; allein er sah die Thüre nicht mehr und merkte nun, daß unter dem »Besten« die Schlüsselblume verstanden war, mit der er immer wieder in den Berg und zu dem Golde hätte gelangen können.

112.

Spielleute beim Hexentanz.

Drei Spielleute kamen Nachts beim Heimgehen von einer Kirchweihe zu einem hell erleuchteten Waldschloß, woraus lustiger Tanz erscholl. Um noch etwas zu verdienen, gingen sie hinein und in einen Saal des obern Stockes, worin eine Menge Weiber zu einer Gellflöte tanzten. Diese blies Einer, welcher auf dem Tische stand; die Spielleute stellten sich zu ihm hinauf und geigten wacker mit. Während dessen nahm der Baßstreicher einen goldenen und einen silbernen Becher vom Tische und steckte sie in die Tasche. Als sie im besten Fiedeln waren, schlug es zwölf und im Nu verschwand Alles, und die Drei waren allein im Dunkeln. Wie sie merkten, saßen sie auf einem Baume; einer von ihnen sprang hinab und brach das Genick. Auf dieses blieben die zwei Andern oben, bis es Tag wurde, wo sie sich auf einer hohen Tanne sitzen sahen, von welcher sie nur mit Mühe hinab kamen. Als der Baßgeiger nach seinen eingesteckten Bechern schaute, waren es eitel Kühklauen.

113.

Der Jungfernsprung bei Dahn.

(Abweichung von Nr. 198 des Hauptwerkes.)

Auf einer waldigen Höhe bei Dahn ward einst ein
unschuldiges Mädchen, welches einsam Kräuter sammelte,
von einem geilen Jäger angefallen. Sie entsprang ihm und
floh, von ihm verfolgt, bis vor auf die steile Felsenwand, die
die Höhe gegen das Thal bildet. Da sie keinen andern
Ausweg hatte, that sie in Gottes Namen den Sprung in die
Tiefe, wobei sie sich nur den kleinen Finger[12] verstauchte.
Auf dem Platze, wohin sie gesprungen, sprudelte gleich eine
klare Quelle hervor. Die Felsenwand erhielt von der
Begebenheit den Namen J u n g f e r n s p r u n g , und es
ward ein hölzernes Kreuz darauf gesetzt.

[12] Statt des kleinen Fingers nennen Manche hier und in
Nr. 198 des Hauptwerkes die kleine Zehe, und Andere den
kleinen Finger u n d die kleine Zehe.

114.

Schatz gehoben.

Auf dem Wingertsberge bei Annweiler brannte früher ein nächtliches blaues Licht, das bald größer, bald kleiner wurde. Einmal kam ein Mann aus dem Orte, welcher spät in der Nacht nach Hause fuhr, in die Nähe des Lichtes; da ging er schweigend hin, deckte seinen Mantel darauf und setzte dann seinen Heimweg fort. Am nächsten Morgen um fünf Uhr war er wieder auf dem Berge, und als er seinen Mantel aufhob, lag ein Schatz Geld darunter, den er unangefochten sich zueignete. Seit dieser Zeit wird das Licht nicht mehr gesehen.

115.

Die Schlorpengasse.

Noch im vorigen Jahrhundert trieben sich zwischen Basel und Frankfurt vierzigtausend Betteljuden, Männer, Weiber und Kinder, heimathlos umher. Bei Karlsruhe hatten sie in dem Wald südlich von der Stadt ihren Lagerplatz, wo sie häufig aus dort blühendem Holler und zusammen gebetteltem Mehl und Schmalz sich Hollerküchlein bereiteten, endlich wurde ihnen von der Karlsruher Judenschaft ein Haus in der Rüppurrerthorstraße zur Herberge hergerichtet und nun schlorpten (schlarften) sie bei Tag und Nacht hinein und heraus. Davon erhielt die Straße auch den Namen S c h l o r p e n g a s s e, welchen sie aber jetzt, wo die Herberge nicht mehr besteht, beinahe wieder verloren hat.

116.

Laß die Todten ruhen.

Eine reiche Wittwe in Karlsruhe hatte eine einzige Tochter, die sie, weil dieselbe eben so schön, als verständig war, über die Maßen liebte. In der Blüthe der Jahre starb das Mädchen, und die Mutter war darüber ganz untröstlich. Täglich brachte sie mehrere Stunden auf dem Kirchhofe zu und weinte und klagte an der Gruft ihres Kindes. Als sie einst in der Frühe wieder dort saß und jammerte, rief ihr die Stimme ihrer Tochter aus der Gruft zu: »Mutter, laß mich doch ruhen!« Da verließ die Frau erschüttert den Friedhof und suchte, zur Beruhigung der Verstorbenen, über ihren Schmerz Meister zu werden.

117.

Todesvorzeichen.

Im Herbste 1851 verkündete zu Karlsruhe eine durchziehende Zigeunerin, im nächsten Frühjahr entstehe im Lande große Trauer. Ein Stadtwächter wollte sie deßhalb verhaften, sie sagte ihm aber, so gewiß gehe ihre Verkündigung in Erfüllung, als er neun Kreuzer bei sich habe, und da er nachsah, hatte er gerade so viel in seinem Beutel. Den Winter darauf erkrankte der Großherzog Leopold im Karlsruher Schlosse, wo alsbald die w e i ß e F r a u sich dreimal sehen ließ. Einige Zeit nachher fingen die Glocken der Stadtkirche mitten in der Nacht von selbst an zu läuten, und als der Großherzog es erfuhr, sprach er: »Das war mein Grabgeläute!« Wirklich starb er auch am 24. April 1852 zum Leidwesen des ganzen Landes, und wurde dann in der fürstlichen Gruft unter der Stadtkirche beigesetzt.

118.

Schuhwechsel.

Einem Manne aus Au, der Nachts von Durlach heimging, setzte sich bei der Ruhebank der gespenstige Kapuziner, welcher dort umgeht, auf den Rücken und ließ sich bis in dessen Haus tragen. Als der Mann, unter der Last keuchend, die Stiege hinaufkam, rief ihm seine Frau zu, er solle seine Schuhe gegen einander wechseln. Er that es, und sogleich fiel ihm der Kapuziner vom Rücken und polterte gleich einem rollenden Fasse die Treppe hinunter.

119.

Todesvorzeichen.

Am Abend vor Allerheiligen 1831 waren ein Glaser und ein anderer Bürger aus Durlach mit einer Fuhr Wein, den sie in der Bruchsaler Gegend gekauft, auf dem Weg nach ihrem Orte. Der Mond schien hell, und die zwei Männer gingen weit hinter dem Fuhrwerk her. Als sie zwischen 8 und 9 Uhr in die Nähe von Untergrombach kamen, sahen sie über dem Straßengraben einen Reiter, der im Schritte neben ihnen herritt und, wie sein Pferd, einen Federbusch auf dem Kopfe hatte. In der Meinung, es sey Einer, der sie foppen wolle, sprang der Glaser hin und versetzte ihm einen Stockstreich; allein er traf einen Erlenbaum, und Reiter und Roß waren verschwunden. Nicht ohne Grauen begaben sich die Männer zu ihrem Weinwagen, und bald bemerkten sie und der Fuhrmann, wieder jenseits am Graben, eine einspännige Kutsche, worin ein Geharnischter mit Helmfedern saß, und deren Pferd, gleich einem Leichenroß, einen Federbusch trug, und von einem daneben gehenden Mann geführt wurde. Statt dieser Kutsche zeigte sich später eine zweispännige; der Geharnischte saß auch darin, und die Pferde hatten ebenfalls Federbüsche und Führer. Bis an die Steige oberhalb Weingarten's begleitete die Kutsche die Weinfuhr; dort aber war sie plötzlich weg und ließ auch nachher sich nicht mehr sehen. Zwei Tage darauf wurde der Glaser krank. Er sagte gleich, daß die Erscheinungen seinen bevorstehenden Tod bedeutet hätten, und wirklich erfolgte derselbe auch nach weitern neunzehn Tagen.

120.

173

Der Thurmberg bei Durlach.

(Zu Nr. 215 des Hauptwerkes.)

Eines Tages kam auf diesem Berge zu zwei Männern eine weiß gekleidete Frau und gab jedem stillschweigend einen Blumenstrauß. Sie dankten ihr, und als sie darauf anfing zu weinen, fragten sie um die Ursache. »Hättet ihr mir nicht gedankt«, antwortete sie, »dann wäre ich jetzt erlöst, so aber bin ich es nicht!« Nach diesen Worten verschwand sie.

Ein reisender Handwerksbursch, welchen sein Weg über den Berg führte, legte sich daselbst ermüdet nieder und schlief ein. Durch ein Streichen über sein Gesicht ward er geweckt, und vor ihm stand die weiße Jungfrau und fragte ihn, ob er arm sey. Nachdem er es bejaht hatte, hielt sie ihm ihr Gebund Schlüssel hin, mit den Worten: »Wähle einen der Schlüssel, und wenn Du den rechten erräthst, so ist Dir und mir geholfen!« Auf seine Bitte, ihm den rechten zu zeigen, erwiderte sie, daß sie selbst denselben nicht kenne. Er suchte nun einen Schlüssel aus, allein als sie ihn aus dem Gebund ziehen wollte, wählte er einen andern, darauf nahm sie diesen heraus und steckte ihn in das Schlüsselloch einer Thüre, die daselbst in den Berg führte, aber erst jetzt sichtbar wurde. Trotz aller Anstrengung konnte die Jungfrau die Thüre nicht aufschließen, worauf sie traurig sagte: »Es ist der rechte Schlüssel nicht!« und im Nu, nebst der Thüre, verschwunden war.

Der Burgbrunnen steht mit einem wasserreichen See in unterirdischer Verbindung, daher er immer gleich stark fließet. Bei ihm ging vormals ein Gang in den Berg, welcher mit einer eisernen Thüre verschlossen war. Auf derselben sah, Nachmittags um halb 4 Uhr, ein dort arbeitender Mann einen Vogel sitzen, der sich gutwillig von ihm fangen ließ. Er that ihn in sein Sacktuch, legte es nebenhin in's Gras und seine Jacke darauf. Nach einer halben Stunde sah er wieder nach dem Vogel; aber da war derselbe weg, obgleich Jacke und Sacktuch unverrückt gewesen. Nun erkannte der Mann, daß er es mit keinem wirklichen Vogel zu thun gehabt habe.

Drei andern Männern kam kurz vor dem Abendgeläute, als sie die Bergtreppchen hinunter gingen, ein Unbekannter mit einem Stock entgegen, welcher ihren Gruß nicht erwiderte und, da sie ihn genauer betrachteten, Geisfüße hatte.

Im Advent hat man schon, um Mitternacht, eine Geisterprozession vom Berg herunter in die katholische Kirche im Durlacher Schlosse gehen sehen.

Auf dem Heimweg von Söllingen hörte ein Durlacher Metzger, bei einbrechender Nacht, auf dem Thurmberg Kegel schieben. Weil er dieses Spiel sehr liebte, band er das Kalb, welches er mitführte, an einen Baum und begab sich auf den Berg. Daselbst kegelten mehrere unbekannte Männer, allein sie hatten Niemand zum Aufsetzen. Unaufgefordert übernahm dies der Metzger; aber nach einiger Zeit ward ihm, bei dem steten Schweigen der Männer, so unheimlich, daß er davon lief. Da wurde ihm eine der Kugeln nachgeworfen, die hart an ihm vorbei rollte und am Berge liegen blieb. Ohne sie aufzuheben, eilte er zu dem Kalb und brachte es nach Hause. Bald jedoch wurmte es ihn, daß er die Kugel nicht mitgenommen habe, welche, als er sie in aller Frühe aufsuchte, noch am nämlichen Platze lag. Mit Freude entdeckte er, daß sie von Silber sey, und kaufte sich damit ein Stück Feld, das die S i l b e r g r u b e benannt wurde.

Eines Abends sahen Buben bei dem Wächterhäuschen eine Menge gelber Blechlein aufgehäuft liegen. Einer von ihnen steckte ein Dutzend derselben ein, und als er sie daheim herauszog, waren es goldene Elfguldenstücke geworden.

121.

Schatz ausgeliefert.

In einem Hause beim Pforzheimer Roßwehr war eines Abends die Frau allein in der Stube. Da rief ihr die Stimme eines Unsichtbaren herein: sie solle in den Keller gehen, den Hafen mit Eiern, der dort auf einem gewissen Platze stehe, holen und den Schatz auch die Armen genießen lassen. Sogleich begab sich die Frau in den Keller, fand an der bezeichneten Stelle den Hafen mit Eiern und nahm ihn mit sich. Am nächsten Morgen waren die Eier zu Gold geworden, wovon die Frau und ihr Mann den Armen reichlich mittheilten.

122.

Der Feuerschläger.

Im Walde bei Eisingen geht Nachts und Mittags ein riesenhafter schwarzer Mann um, der mit einem Feuerzeug Funken, so groß wie Sterne, schlägt und der Feuerschläger genannt wird. Häufig steht er bei einer gewissen Eiche am Saume des Waldes; häufig auch führt er die Leute irre. Unter der Eiche sahen Nachts ein vorübergehender Schornsteinfeger und sein Gesell einen Haufen glühender Kohlen liegen. Trotz der Abmahnung seines Meisters ging der Gesell hin und wollte von den Kohlen nehmen; aber da bekam er von unsichtbarer Hand eine solche Ohrfeige, daß er eilig sich zurück begab.

123.

Königsbach.

Dieses Dorf hat seinen Namen daher, daß auf dem dortigen Berg ein König wohnte, und an jenes Fuße ein Bach entspringt. Der König trieb arge Wegelagerei, und um darüber zu täuschen, wo er und seine Mannen seien, legten sie ihren Rossen die Hufeisen verkehrt auf. Weil seine Burg das einzige steinerne Haus im Orte war, wurde der Berg, worauf sie stand, der S t e i n h a u s b e r g genannt. Übrigens war Königsbach damals so groß, daß es siebenhundert Bürger zählte. Im Schwedenkrieg kamen dieselben auf sieben herunter, welche, als der Friede verkündet ward, im Adlerwirthshaus zusammen kamen und mit einer Geige aufspielten. Um ihr Feld wieder einzusäen, mußten sie den Samen weit herkommen lassen; denn sieben Jahre lang hatten die Schweden alle Frucht im ganzen Land abgeschnitten.

Aus der Burg, von welcher jetzt wenig mehr übrig ist, führte ein unterirdischer Gang zu dem Schlosse in den Brachenthaler Wiesen. Als einst Mittags an der Stelle, wo dasselbe gestanden hatte, ein Bauer zackerte, brach sein Pferd mit einem Fuße in den Boden. Beim Herausziehen hing eine lange Goldkette daran, die aber, als der Bauer das Pferd fluchend antrieb, augenblicklich versank.

Auf der Burg liegt, bei einem Nußbaum, ein großer Schatz in einem tiefen Brunnen, der mit einer steinernen Platte zugedeckt ist. Dahin wandeln öfters aus der Ortskirche zwei gespenstige Fräulein in weißen Schleiern und Gewändern mit Schlüsselbunden, und verschwinden auf der Steinplatte. Auch die Geister von Kapuzinern und ein nächtliches Licht lassen sich im Burgraume sehen.

In ein dortiges Gewölbe schaute eines Sonntag Mittags ein Mann durch ein Mauerloch und gewahrte eine Kiste, auf welcher ein Hund mit feurigen Augen lag. Als er den Kopf zurückziehen wollte, war derselbe so geschwollen, daß, um ihn herauszubringen, das Loch erweitert werden mußte. Nachher wurde das Gewölbe durchsucht, aber weder Kiste, noch Hund gefunden.

Durch einen zickzackigen Gang kam einmal ein Lehrjunge in den Burgkeller; er entfloh jedoch, als er darin einige Hunde auf Truhen sitzen sah. In dem Keller poltert es zuweilen, wie wenn Küfer an Fässer klopfen.

Ein anderer Bube erblickte auf dem Berg einen Hafen voll gelber Schneckenhäuschen. Er steckte eines davon ein und fand es später in einen goldenen Knopf von der Größe einer Doppelkarlin verwandelt.

Ebenda zeigte sich, Mittags um 12 Uhr, einem dritten Knaben ein Hafen mit Goldkäfern. Sogleich lief er damit nach Hause, und siehe, die Käfer waren zu Goldmünzen geworden.

Die Magd eines Hauses, das unten am Berge liegt, war Morgens auf ihn gegangen, um Futter zu holen, aber über dem Geschäft ermüdet eingeschlafen. Als sie erwachte, schlug es 11 Uhr, und plötzlich sah sie vor sich einen Haufen alten Geldes liegen. Stillschweigend wollte sie ihn in ihre Schürze thun, da rief ihr ihre Frau aus dem Fenster, sie möge doch endlich heimkommen, und alsbald versank das Geld in den Boden.

Im Burgraum hängt an manchen Mittagen feine weiße Wäsche, von der man nicht weiß, wo sie herkommt; und in der Christnacht hat einmal, von halb 11 bis 12 Uhr, der ganze Berg in spukhaftem Feuer gestanden.

124.

Nachgeholte Wallfahrt.

Ein Mann in Weingarten hatte gelobt: von da ein hölzernes Kreuz von dreiunddreißig Pfund über den Engelsberg nach Walldürn zu tragen; dabei auf jeder der vielen Staffeln des Engelsbergs ein »Vaterunser« und »Gegrüßet sey'st du Maria« zu beten, und in Walldürn ein Amt halten zu lassen; er war aber gestorben, ohne dieses Gelübde erfüllt zu haben. Gleich nach seinem Tode erschien er seiner ledigen, armen Tochter und bat sie, das, was er gelobt, für ihn zu thun, wobei ihre vier Geschwister ihr behilflich seyn würden. Gerne auch ließen dieselben das Kreuz machen und begleiteten ihre Schwester auf der Wallfahrt. Als sie den Engelsberg zu besteigen begannen, stürzte ein unsichtbarer Teufel das Mädchen mehrmals nieder, worauf ihre Geschwister sie nebst dem Kreuze von Staffel zu Staffel hinauftrugen. In Walldürn angekommen, opferte sie das Kreuz in die Kirche und ließ nachher das Amt halten. Unter diesem erschien ihr ihr Vater in glänzend weißer Gestalt und dankte für seine Erlösung. Alsdann legte er seine Hand auf die ihre, welche sie mit einem Tuch bedeckt hatte, und verschwand. Wo seine Hand gelegen, war deren Abbild schwarz in das Tuch gebrannt.

125.

Geist zu Weingarten.

Auf dem Thurmberg in Weingarten geht am Ostersonntag, Mittags zwischen elf und zwölf, ein Mann in seinem ehemaligen Wingert um und lies't Rebschnitzel auf, weil er es bei seinen Lebzeiten einmal ebenso gemacht hat. Einst beredete ihn ein Bube, der ihn nicht kannte, über die Entheiligung des Feiertags, und da warf der Geist eine Hand voll Rebschnitzel gegen ihn, welche lauter Feuer waren.

126.

Marienburg.

Auf einem Berge bei Obergrombach liegt das Schloß Marienburg. Als in der Gegend die verheerende Bräunkrankheit herrschte, wurde, wenn Jemand starb, auf dem hohen Schloßthurm eine kleine Glocke geläutet, die deßhalb das B r ä u n g l ö c k l e i n hieß.

Von der Burg haben unterirdische Gänge nach Obergrombach, in das Frauenkloster bei Helmsheim und in das Schloß in den S t e i n h a u f e n geführt; sie sind aber jetzt, wie die Burg selbst, größtentheils verfallen. In dieser hat man schon Mittags zwischen elf und zwölf Geister kegeln hören, und Nachts zeigt sich daselbst ein sternförmiges Licht und eine schneeweiße Frau, welche nur auf der großen Zehe einen schwarzen Flecken hat.

Ebenda und im benachbarten Burgwingert geht ein ehemaliger Aufseher der Schloßkelter um, welcher sich an derselben erhängt hat. Er wird der K e l t e r h ä n n s l e genannt und pflegt manchmal nach den Vorübergehenden mit Erdschollen zu werfen.

Einst ließ sich ein Bursch in das tiefe Gewölbe an einem Seil hinab. Darin sah er große Fässer herumliegen und einen Mann regungslos an einem Tische sitzen. Nachdem er ihn vergebens angeredet hatte, berührte er ihn, und da fiel derselbe als Staub auseinander. Ebenso fielen die Fässer, als sie angefaßt wurden, in Stücke. Der Wein war darin, durch die Länge der Zeit, ganz eingetrocknet.

Ein anderes Mal gruben Nachts drei Männer stillschweigend nach der Kiste voll Geld, die unter dem großen Thurme verborgen liegt. Endlich stießen sie auf dieselbe, und da sprach einer von ihnen: »Jetzt sind wir darauf!« Bei diesen

Worten versank die Kiste dröhnend in die Tiefe, und die Männer hatten das leere Nachsehen.

127.

Reden bringt um den Schatz.

In den sogenannten S t e i n h a u f e n bei Obergrombach hat vor Zeiten ein Schloß gestanden, und es liegt dort eine Kiste voll Geld im Boden. Nach derselben grub in einer Nacht ein Mann, und schon erblickte er ihren Deckel, als ein Pudel herbeikam und sich anschickte, darauf zu kacken. »Gehst du fort!« rief der Mann ihm zu, und augenblicklich waren Kiste und Pudel verschwunden.

128.

Wie Bruchsal um den Eichelberg kam.

Von ihrem Fürstbischofe hatte die Stadt Bruchsal einen namhaften Geldbetrag entlehnt, und ihm dafür den schön bewaldeten Eichelberg versetzt. Dabei war bedungen worden, daß, wenn die Rückzahlung nicht in einer bestimmten Zeit an den Fürsten selbst geschähe, das Pfand ihm anheimfalle. Als die Frist sich ihrem Ende nahte, verreiste der Bischof, und kehrte erst nach ihrem Ablaufe zurück. Er erklärte nun den Eichelberg für sein Eigentum, aber die Bruchsaler, welche am letzten Tage der Frist ihre Schuld hatten abtragen wollen, erhoben dagegen beim Kaiser eine Klage. Von demselben erhielten sie ein günstiges Urtheil, das mit goldenen Buchstaben geschrieben war. Trotz dessen wollte der Fürst den Eichelberg behalten, und in dieser Absicht lud er die zwölf Rathsherren von Bruchsal zu sich auf das Obergrombacher Schloß. Nachdem er sie köstlich bewirthet hatte, bestürmte er sie mit Bitten und Drohungen, eine Urkunde zu unterschreiben, die ihm den erwähnten Berg überlasse; allein standhaft verweigerten es alle. Auf dieses ließ er sie in den Burghof führen und, in seiner Gegenwart, ihrer elf, einen nach dem andern, durch den Scharfrichter enthaupten. Hierbei floß das Blut, wie ein Bach, den Schloßberg hinunter. Als die Reihe an den zwölften Rathsherrn kam, fragte der Bischof den Scharfrichter, wie ihm das Kopfabschlagen gefalle. »Wenn's Krautköpfe oder Weidenstümpfe wären, die wieder ausschlagen, gefiele es mir schon; so aber gefällt es mir nicht!« gab derselbe zur Antwort. Hierdurch ward der Fürst bewogen, den Rathsherrn zu begnadigen; er ließ ihm aber das kaiserliche Urtheil abnehmen, welches derselbe bei sich auf der Brust trug. Nachdem der Rathsherr nach Bruchsal zurückgekommen war, verkündete er das Geschehene und regte dadurch Alles zur Rache auf. Es wurde verabredet, daß, wenn der Bischof bei seiner nächsten Durchreise auf die Salbrücke komme, mit der Glocke des dortigen Kirchleins die bewaffnete Bürgerschaft zusammen gerufen werde, um sich seiner zu bemächtigen. Dies hinterbrachte ein Verräther dem Fürsten, der darauf, in der Nacht vor seiner Durchreise, den Schwengel der Glocke heimlich herausnehmen und dafür einen Fuchsschwanz hineinhängen ließ. Als er dann über die Brücke fuhr, wollte man eilig in dem Kirchlein läuten; aber die Glocke mit dem Fuchsschwanz tönte nicht, und so kam der Bischof unangefochten durch die Stadt. Den Eichelberg hat diese, bis auf den heutigen Tag, nicht zurück bekommen.[13]

[13] Keiner der Bruchsaler Fürstbischöfe hat den Eichelberg auf solche Weise an sich gebracht.

129.

Muttergottesröslein.

Die heilige Jungfrau pflegte die Windeln des Jesuskindes an Sträuchen wilder Rosen zum Trocknen aufzuhängen. Davon erhielten diese Stauden und alle von ihnen abstammende einen lieblichen Geruch, und ihre Blumen den Namen Muttergottesröslein.

130.

Hexenkuchen.

Am Tage der Gochsheimer Kirchweihe rief einmal eine dortige Frau, die allgemein für eine Hexe galt, ein kleines Mädchen zu sich und schenkte ihm ein Stück schönen, weißen Kuchens. Ohne davon zu essen, nahm das Kind den Kuchen mit nach Hause, wo seine Mutter, als sie erfahren, woher er komme, ihn gleich in die Küchenkammer verschloß. Am andern Morgen fand sie, statt seiner, ein Stück groben Schwarzbrods, worin eine Menge Menschenhaare eingebacken war.

131.

Tochter dem Teufel verschrieben.

Betrübt über den Zerfall seines Vermögens ging ein Müller in den Wald, wo er einem fremden Mann begegnete. Derselbe fragte ihn um die Ursache seiner Traurigkeit, und als er sie erfahren hatte, versprach er dem Müller eine Menge Geld, wenn dieser ihm dasjenige verschreibe, was jetzt hinter der Mühle sey. In der Meinung, dies sey der Staub, welcher beim Mahlen dahin zu fliegen pflegte, ging der Müller den Vertrag ein und unterschrieb ihn mit seinem Blute. Er erhielt hierauf das Geld, brachte es heim und erzählte seiner Frau, wie er dazu gekommen. Da erfuhr er von ihr, daß er seine Tochter dem Teufel verschrieben habe, die damals hinter der Mühle die Körner aus dem Staub gelesen, um daraus das Essen zu bereiten. Sie waren nun sehr betrübt, beschlossen aber, ihrer Tochter nichts zu sagen. In der Nacht kam der Böse zur Mühle und klopfte an die Thüre; die Tochter öffnete, weil sie aber, als ein frommes Mädchen, beim Schlafengehen sich in den drei höchsten Namen mit Weihwasser besprengt hatte, konnte der Teufel sie nicht mit fortnehmen, sondern stieß sie zurück. Ebenso ging es in der folgenden Nacht, worauf der Müller, auf Befehl des Bösen, das Weihwasser hinwegschaffen mußte. In Ermangelung dessen segnete sich das Mädchen am dritten Abend mit dem am Fenster angelaufenen Wasser und bewirkte dadurch, daß der Teufel, als er in der Nacht kam, ihr wieder nichts anhaben konnte. Am nächsten Morgen erzählte sie ihren Eltern, was ihr in den drei Nächten begegnet, worauf dieselben ihr Alles offenbarten. Da legte sie ihre Hand auf einen Klotz und hieb sie sich mit dem Beile ab, nachher ließ sie die andere Hand sich auch abschlagen und überließ beide dem Teufel, worauf dieselben sogleich verschwanden. Alsdann ging sie auf und davon, betete fleißig und bekreuzte sich dabei mit ihren Armen. Sie kam in einen schönen Garten bei einem fürstlichen Schlosse, in welchem sie zur Stillung ihres Hungers einige Äpfel mit dem Munde aufhob und verzehrte. Weil ihre Wunden noch bluteten, entdeckte der Fürst ihre Spur, und nachdem er derselben an zwei Tagen vergebens nachgegangen war, fand er am dritten in der Frühe mittelst seines Hundes das Mädchen in einem Busche, wo sie ruhig schlief. Sie gefiel ihm so wohl, daß er sie heirathete, wodurch sie aber nicht hoffärtig ward, sondern stets demüthig und fromm blieb. Nach einiger Zeit mußte er in den Krieg; während seiner Abwesenheit gebar sie ihm Zwillingsknaben und ließ es ihm schreiben. Der Bote, welcher den Brief überbringen sollte, schlief unterwegs an einem Waldbrunnen ein, da kam der Böse und vertauschte den Brief mit einem andern, worin unter dem Namen der Hofherren die abscheulichsten Dinge über die Fürstin gemeldet wurden. Der Fürst schrieb zurück, man solle, bis er heimkomme, seine Frau mit der seitherigen Ehrerbietung behandeln; aber als der Bote auf dem Rückweg abermals an dem Brunnen eingeschlafen war, nahm ihm der Teufel wieder das Schreiben und steckte ihm ein anderes zu, worin den Hofherren befohlen wurde, die Fürstin mit ihren Kindern unverzüglich auszutreiben. Dieses ward vollzogen und ihr dabei das eine Kind auf die Brust, das andere auf den Rücken gebunden. Vor Durst schmachtend, kam sie zu dem Brunnen, konnte aber wegen ihrer an sie gebundenen Kinder sich nicht niederbücken, um zu trinken. Da rief sie Gott um Hilfe an und alsbald trat ein Mann zu ihr, band ihr die Kinder los und hieß sie ihre Arme auf den Klotz legen, der plötzlich mit ihren abgehauenen Händen vor ihr stand. Sie that es und der Mann heilte ihr die Hände so gut an, daß sie dieselben gleich gebrauchen konnte. Nachdem sie in eine Wildniß gekommen, worin kein Obdach zu finden war, betete sie um ein solches, und siehe! auf einmal stand ein Hüttlein mit Geräth und

Lebensmitteln da. Dankbar bezog sie es mit ihren Kindern und führte ein frommes Einsiedlerleben. So oft ihr die Nahrungsmittel ausgingen, erhielt sie auf ihr Gebet stets neue. Als so Jahre verflossen waren, kam eines Abends zu dem Hüttlein ein Mann und bat um Nachtlager. Da sie nur e i n Bett hatte, mußte sie ihn auf der Bank schlafen lassen. In der Nacht hörte er, wie die Kinder zu einander sagten: wenn sie nur ihren Vater sehen würden; er befragte darüber am Morgen die Frau und erfuhr von ihr, wie sie verstoßen worden sey. »Wenn ihr keine Hände hättet, würde ich euch für meine unschuldig verbannte Frau halten, die ich seit meiner Rückkunft aus dem Kriege schon jahrelang suche,« erwiderte er, und darauf erzählte sie ihm, wie sie ihre Hände wieder erhalten habe, und zeigte, daß sie angeheilt seyen. Da erkannten sie einander zu ihrer und ihrer Kinder großen Freude. Der Fürst beschloß, ihr Einsiedlerleben zu theilen; auf das Gebet seiner Frau stand statt der kleinen Hütte eine größere mit mehr Geräth und Nahrungsvorrath da, in welcher sie Gott dienten bis zu ihrem seligen Ende.

132.

Gespenstige Rathsversammlung.

In einer Spinnstube zu Eppingen wurde spät in der Nacht die Frage aufgeworfen: wer wohl den Muth habe, jetzt in das alte, verrufene Rathhaus zu gehen. Ein Mädchen erbot sich dazu und nahm eine Ruthe und eine schwarze Katze mit. Als sie in den Rathssaal kam, saßen darin zwölf gespenstige Rathsherren um den Tisch, welche zu ihr sprachen: »Hättest du die Ruthe und die schwarze Katze nicht bei dir, so wollten wir dir etwas Anderes sagen!« Voll Schrecken entfloh das Mädchen und starb noch in derselben Nacht.

133.

Meerweiblein.

Eine Viertelstunde von Waldangelloch entspringt eine frische Quelle, die von dem Holderbusch, der früher bei ihr stand, H o l d e r b r u n n e n heißt. In deren Umgebung pflegte eine arme, alte Frau das Futter für ihre Kuh zu suchen, mit dem sie eines Abends erst um 9 Uhr, als es schon lange Nacht war, nach Hause kam. Hierwegen befragt, erwiderte sie nur, sie sey bei guten Freundinnen gewesen, welche sie erst heute habe kennen lernen. Eine ähnliche Antwort gab sie auch an den folgenden Tagen, wo sie ebenfalls erst zur erwähnten Stunde heimkehrte. Endlich schlichen ihr einige Leute nach, sahen sie mit zwei fremden, schönen Mädchen bei dem Holderbusche stehen und letztere, als sie sich näherten, in dem Brunnen verschwinden. Auf dieses ward die Frau noch mehr mit Fragen über die Mädchen bestürmt und gebeten, dieselben in ihr Haus mitzubringen, worauf sie erwiderte: »Meine Freundinnen leben unter der Erde, und ich werde, wie sie wünschen, bald mit ihnen hinabgehen; in mein Haus kommen sie schwerlich, jedoch will ich versuchen, sie dazu zu bereden.« Dieses gelang ihr: am bestimmten Abend kamen die beiden Mädchen, ohne daß sie von der Frau abgeholt wurden, oder im Orte sich nach deren Haus erkundigten, zu ihr in die Spinnstube. Jede brachte ein brennendes Laternchen, eine Kunkel und Hanf mit; sie waren gekleidet wie die Dorfmädchen, hatten aber Gürtel und weiße Schürzen an. Während des Spinnens scherzten und lachten sie mit den anwesenden Mädchen und Burschen, erzählten, daß es bei ihnen wie auf der Erde sey, und nahmen nichts als Obst und Brod an. Schlag neun Uhr zündeten sie ihre Laternen an und gingen, trotz alles Bittens, länger da zu bleiben, mit dem Versprechen fort, am nächsten Abend wieder zu kommen. Dasselbe erfüllten sie und fanden fortan dreiundzwanzig Tage lang jeden Abend, wenn es dunkel war, sich ein. Ihr Betragen blieb stets das gleiche; nur knüpfte die eine mit einem der Burschen eine Liebschaft an. Ihm allein erlaubten sie, beim Heimgehen sie halbwegs zu begleiten; bis zum Brunnen hätte er nur dann mitgedurft, wenn er Willens gewesen wäre, sich auch hinein zu begeben. Letzteres zu thun, konnte er erst auf vieles Zureden seiner Geliebten sich entschließen. Als sie an die Quelle kamen, wollten die Mädchen, daß zuerst die eine, dann er und nachher die andere sich hinunter ließe, er aber begehrte, der Letzte zu seyn. Auf dieses schnallte ihm seine Geliebte ihren Gürtel um, indem sie ihm versicherte, daß er durch ihn vor dem Naßwerden geschützt sey, dann stieg sie und nachher ihre Gefährtin in den Brunnen hinab; aber der Bursch wagte nicht, ihnen zu folgen, sondern blieb an der Quelle stehen. Auf einmal ward deren Wasser blutroth, worauf er eilig den Gürtel hineinwarf, weil er dachte, daß derselbe nicht hätte zurückbleiben sollen. Die Mädchen, welches Meerweiblein waren, sind nachher niemals wieder gesehen worden.

134.

Zauberarbeit.

Ein Schuster zu Waldangelloch hatte gewettet, er allein
werde vom Morgen bis zum Abend ein Paar Stiefel und ein
paar Schuhe machen. Auf sein Verlangen schlossen ihn
seine Gegner in seine Werkstätte ein, in die sie nach einigen
Stunden durch das Schlüsselloch schauten. Da sahen sie
den Schuhmacher müßig sitzen, vier unbekannte Männer
aber emsig arbeiten. Schnell drangen sie hinein, fanden aber
statt dieser Männer nichts, als vier Mücken unter vier
Fingerhüten. Sie ließen darauf den Schuster wieder allein,
und am Abend hatte er die Stiefel und Schuhe fertig und
damit die Wette gewonnen.

135.

Raubmörder geht um.

Als einst eine Kriegsschaar Neufranken in Waldangelloch übernachtete, kam einer derselben, welcher viel geplündertes Geld bei sich hatte, in das Haus eines habsüchtigen Mannes zu liegen. Dieser bemerkte das Geld, bettete den Soldaten auf den Speicher und brachte ihn mit dessen eigenem Säbel im Schlafe um. Alsdann nahm er die Füße des Leichnams unter den Arm und schleifte ihn in den Keller, wo er ihn mit Kleidung und Säbel vergrub. Nachdem er noch jede Blutspur vertilgt hatte, meldete er in der Frühe dem Obersten, der Soldat sey in der Nacht ausgerissen und habe ihm zuvor das Haus so verunreinigt, daß viele Stellen hätten aufgewaschen werden müssen. Da der Oberst im Begriff stand, mit seinen Leuten abzuziehen, so unterließ er es, die Sache näher zu untersuchen. Auf diese Art behielt der Mann seinen Raub, welchen er auch viele Jahre, bis zu seinem Tode, genoß. Gleich nach diesem fing er an, Nachts in dem Hause zu spuken, wobei er den Ermordeten, dessen Füße unterm Arme, vom Speicher in den Keller schleifte. Den Kopf des Soldaten hörte man auf jeder Stufe aufschlagen. Vergebens wendeten die Bewohner des Hauses alle Mittel an, den Geist hinauszubringen; endlich ließen sie es niederreißen und auf dem Platze ein neues bauen, das denn von dem Spuke befreit blieb. Bei dem Bauen waren die Gebeine und der Säbel des Neufranken im Keller ausgegraben worden.

136.

Einem Todten gehört ein Licht.

Zu Waldangelloch ließen einmal die Männer, welche bei einem Verstorbenen wachten, ihn in der Kammer dunkel liegen während sie in der Nebenstube Karten spielten. Da rief in der Kammer eine Stimme dreimal: »Einem Todten gehört ein Licht!« Erschrocken eilten die Männer hinein, fanden aber Niemand, als den Verstorbenen ohne Lebenszeichen. Nunmehr hüteten sie sich, denselben ohne Licht zu lassen.

137.

Ladung vor Gottes Gericht.

Wenn ein Mensch einen andern vor Gottes Gericht geladen hat, so muß derjenige von ihnen, welcher zuerst gestorben, so lange zwischen Himmel und Erde schweben, bis der andere nachkommt. Dies geschieht binnen sechs Wochen und Beide gehen dann mit einander vor des Ewigen Richterstuhl. Daß dem so sey, hat sich in neuerer Zeit wieder in Waldangelloch erwiesen. Dort war ein Küfer von einem Zimmermann um Vieles betrogen worden, und da er kein Recht finden konnte, lud er denselben vor Gottes Gericht. Der Zimmermann lachte zwar darüber, und selbst nach dem bald erfolgten Tode des Küfers hatte er bei seiner kräftigen Gesundheit keine Furcht; aber in der vierten Woche darauf ward er plötzlich krank und starb nach einigen Tagen.

138.

Schatzhöhle bei Waldangelloch.

Ein etwas blödsinniger Bube von Waldangelloch, welcher
auf den Wiesen am Schülzert Vieh hütete, schlenderte in
diesen Bergwald. Er kam an eine Höhle, ging hinein und
stand vor einer Kiste, auf der ein schwarzer Pudel lag.
»Herunter!« sagte der Bube zu dem Hund, und nachdem
derselbe gutwillig herabgesprungen, hob er den Deckel der
Kiste auf, die mit funkelndem Silbergeld gefüllt war. Davon
nahm er sich eine Handvoll, schloß dann die Kiste und
gleich war der Hund wieder darauf. Noch etliche Tage
machte der Bube es so, bis sein Geld zu Hause entdeckt und
er gezwungen wurde, zu sagen, wo er es her habe. Da
mußte er mit einigen Männern in den Schülzert, um ihnen
die Höhle zu zeigen; aber nun konnte er dieselbe nicht mehr
auffinden.

139.

Fahrsamenbesitzer und Banner.

Beiläufig vor vierzig Jahren diente ein Eschelbacher Bursch als Bauernknecht in Waldangelloch, welcher vom Teufel sich Fahrsamen verschafft hatte und daher fahren konnte, wie und wohin er wollte. Oft jagte er mit schwer beladenem Wagen und vier Pferden steile Bergabhänge hinab, und wenn dabei das Gefährt auch ganz auf die Seite hing, so stürzte es doch niemals um. Einst kam er mit einem Wagen Frucht in die Scheuer, und da er Niemand fand, ihm zum Abladen zu helfen, fuhr er die senkrechte Leiter hinauf auf die Obertenne und warf dort die Frucht ab. Während dessen kam der Bauer in die Scheuer, aber als er das Fuhrwerk oben sah, eilte er schweigend hinaus. Nach beendigtem Geschäft fuhr der Knecht wieder die Leiter hinunter, ging zu seinem Herrn und sagte ihm: »Das war ein Glück, daß ihr in der Scheuer kein Wort gesprochen habt, sonst wäre ich mit Wagen und Pferden hinabgefallen.«

Auf die Bitte eines Freundes, ihm auch Fahrsamen zu verschaffen, begab sich der Bursch, um 11 Uhr in der Christnacht, mit ihm auf einen Kreuzweg. Dort machte er auf dem Boden einen Kreis, stellte sich mit dem Andern hinein und ermahnte ihn, ja keinen Laut von sich zu geben, es möge kommen, was da wolle. Hierauf zog er ein Büchlein hervor und fing an, stille darin zu lesen. Gegen halb 12 Uhr hörten sie ein Getöse wie vom wilden Heer durch die Lüfte ziehen, jedoch ohne etwas zu sehen, oder sich dadurch irren zu lassen. Nach diesem drohte ein Mühlstein, an einem dünnen Faden hängend, auf sie herabzustürzen; aber er störte sie ebenso wenig, als eine heran rasselnde vierspännige Kutsche, deren Führer sie vergebens um die Entfernung nach dem nächsten Orte fragte. Als dieselbe schon eine Weile davon gejagt war, kam einer in einer großen Holzschüssel mühsam herbeigerutscht und sprach zu ihnen: »Kann ich die Kutsche noch einholen?« Da mußte der Freund des Burschen laut lachen, und sogleich erhielt er von letzterem eine derbe Ohrfeige, mit den Worten: »Dummkopf! jetzt hast Du Dich durch dein Gelächter um den Fahrsamen gebracht.«

Eben dieser Knecht verstand sich auch meisterlich auf das Bannen. Eines Sonnabends besuchte er mit einem Waldangellocher ein Mädchen im Engelwirthshaus zu Menzingen, wo er zwölf Bursche aus dem Ort antraf. Dieselben schlichen nach und nach davon, woraus der Waldangellocher merkte, daß sie ihm und seinem Gefährten draußen auflauern wollten. Als er es diesem entdeckte, beruhigte ihn derselbe, und ging erst um 11 Uhr mit ihm hinweg. Eine Viertelstunde von Menzingen fanden sie alle die Bursche, mit Äxten, Mistgabeln, Prügeln bewaffnet, regungslos, in verschiedenen Stellungen, am Wege stehen. Auf Zureden des Eschelbachers betrachtete dessen Begleiter die Gebannten ganz in der Nähe, wobei er vergebens versuchte, einem derselben die Tabakspfeife aus dem Munde zu ziehen. Nach Verfluß einer halben Stunde setzten sie ihren Weg fort, und als sie nicht mehr weit von Waldangelloch waren, sagte der Knecht zu dem Andern, eben habe er die Bursche von dem Banne befreit. Bei seinen nachherigen Besuchen in Menzingen blieb er von Jung und Alt unangefochten.

Zufällig hatte er einst sein Zauberbüchlein bei einem Bekannten liegen lassen, der es in die Hände bekam und durchblätterte. Das Meiste konnte er nicht verstehen; ein Bannspruch aber war ihm deutlich, und er las ihn ab, um ihn an einem Mann zu versuchen, welchen er an einen Zwetschgenbaum sich lehnen sah. Alsbald erstarrte der

Mann und mußte so neun volle Stunden bleiben, da der andere den Bann nicht wieder zu lösen vermochte. Zum Glücke kam der Knecht, um sein Büchlein zu suchen, und als er den Vorgang erfahren, las er den Spruch von hinten nach vorn her und befreite dadurch den Mann, der, wenn dies nicht noch vor Sonnenuntergang geschehen wäre, in Asche würde zerfallen seyn.

Als der Eschelbacher sich schon lange in seinem Geburtsort niedergelassen hatte, mahlte er einmal Nachts mit einem Mann aus Waldangelloch in der Michelfelder Mühle. Da kamen einige Ratten herbei, blieben aber, zur großen Verwunderung des Mannes, gleich regungslos sitzen und ließen sich von ihm anrühren. Auf die Bitte des herzugekommenen Müllers bannte der Eschelbacher noch mehrere Ratten, und nachdem er sie in das Wasser geworfen hatte, sagte jener zu ihm, er wolle ihm jedes Vierteljahr einen Zentner Mehl geben, wenn er dafür die Mühle von den Ratten jeweils säubere. »Nein, das thue ich nicht«, erwiderte der Eschelbacher, »denn ich habe einst ein Reh gestellt, und dasselbe hat darauf so heftig geweint und mich so kläglich angeschaut, daß ich es gleich wieder frei ließ und mir vornahm, kein Thier mehr zu bannen. Heute habe ich zwar dem Mann da einen Spaß machen wollen, aber sonst gebe ich mich nicht mehr mit solchen unrechten Dingen ab.«

140.

Schatz bei Sinsheim.

Vor vierzig Jahren sah eine Frau von Sinsheim, als sie im Wald auf den d r e i B u c k e l n graste, vier dünne Eisenketten im Viereck aus dem Boden hervorstehen, welche sie trotz alles Ziehens nicht herausbrachte. Bei ihrer Heimkunft erzählte sie es, worauf gleich vier Männer mit ihr hinausgingen und auf dem Platze noch die Ketten vorfanden. Sie gruben daselbst nach, und während die Frau sich etwas entfernt hatte, um wieder zu grasen, stießen sie auf eine volle Kiste, die an den Ketten befestigt war und auf der ein schwarzer Pudel mit feurigen Augen saß. Stillschweigend zogen sie sie an den Ketten heraus; da kam gerade die Frau zurück, und beim Anblick des Hundes, der den Rachen aufsperrte, schrie sie: »O Jesus!« Im Nu versanken Kiste, Ketten und Pudel und sind weder von der Frau, noch von den Männern je wieder gesehen worden.

141.

Fußstapfe im Stein.

(Zu Nr. 353 des Hauptwerkes.)

Auf dem großen Söller des Heidelberger Schlosses ist in einer Steinplatte eine ziemlich tiefe Fußstapfe. Sie wurde von einem Ritter bei der nächtlichen Entführung einer Pfalzgrafentochter eingedrückt, als er, diese auf dem Arme tragend, aus einem Giebelfenster glücklich herabsprang.

142.

Vorzeichen reicher Weinernte.

Wenn es zu Weinheim einen guten Herbst gibt, sieht man in der Johannisnacht den verstorbenen Freiherrn v. Bonn auf einem Schimmel, von seinem Schloß in Birkenau bis zum Bonnhof, in der Weschnitz reiten.

143.

Der wilde Jäger.

Über die Gegend von Schlossau im Odenwald fährt zuweilen Nachts der wilde Jäger, mit großem Jagdgetöse, durch die Luft hin. Wer dann im Freien ist und ihn heran kommen hört, der muß ihm ausweichen, oder sich mit dem Gesicht auf den Boden legen, sonst wird er (wie es schon geschehen) vom wilden Jäger mit dessen Jagdnetz gefangen, fortgenommen und in einem fremden Land zur Erde gesetzt.

144.

Geisterlärm verhindert Waldfrevel.

In einer Winternacht, um 1 Uhr, ging ein Mann von Schlossau in den fürstlichen Wald des Rothenbergs, um sich einen Stamm zu Fackeln zu holen. Eben setzte er die Axt an eine junge Buche, als plötzlich um ihn her solch fürchterliches Jagdgetöse ausbrach, daß er erschrocken inne hielt und umher schaute. Nichts war zu erblicken, und allmählig entfernte sich der Lärm und verhallte. Nun wollte der Mann wieder den Baum fällen; allein abermals ward er durch das um ihn entstehende Jagdgetöse daran verhindert. Auf gleiche Weise ging es zum dritten Male. Da merkte er endlich, daß er den Frevel unterlassen solle, und trat ungesäumt den Heimweg an.

145.

Die Schefflenzer erwerben im Waidach das Jagdrecht

In dem Waidachwald wurde einst ein durchreisender deutscher Kaiser von Räubern angefallen. Auf seinen Hilferuf kamen Männer aus den drei Orten Schefflenz, welche in dem Walde wilderten, schleunig herbei und trieben die Räuber in die Flucht. Zum Danke verlieh der Kaiser den drei Orten das alleinige Jagdrecht im Waidach auf ewige Zeiten.

146.

Boxberg's Name.

Ehe Boxberg diesen Namen führte, ward es einmal so lange belagert, bis es keine Lebensmittel mehr hatte. Da ließ ein kluger Schneider sich in eine Bockshaut nähen und schritt dann, auf allen Vieren, auf der Stadtmauer hin und her. Als die Feinde das stattliche Thier sahen, ließen sie ihre Hoffnung, den Ort bald auszuhungern, fahren und hoben die Belagerung auf. Zum Danke für die glückliche Errettung legte das Städtlein sich den Namen B o x b e r g auf ewige Zeiten bei.

147.

Dosten und Johanniskraut schützt vor dem Teufel

In Werbach kam einst ein sechsjähriges Mädchen von seiner Pathe heim und sagte seiner Mutter, es habe von jener erlernt, Mäuse und Gewitter zu machen. Da untersagte sie ihm strenge, je wieder hin zu gehen, und nähte ihm Dosten und Johanniskraut in die Kleider. Trotz des Verbots schlich das Kind wieder zu der Pathe und wurde von ihr in den Keller geführt, wo der Teufel auf es paßte. Beim Anblick des Mädchens rief er aber aus:

>»Dosten und Johanniskraut
>Verführt mir meine Braut!«

Denn wegen der eingenähten Kräuter hatte er über das Kind keine Gewalt mehr.

148.

Hexe verunglückt.

Ein Bauernknecht zu Werbach wurde mehrere Nächte im Bett von etwas so gedrückt und geplagt, daß er stets am Morgen ganz erschöpft war. Als er es seinen Hausgenossen klagte, rieth ihm die Bäuerin: er solle in der nächsten Nacht sich im Bett ein Messer mit der Spitze auf die Brust und auf dasselbe einen hölzernen Teller setzen. Arglos wollte es der Bursche so machen; allein auf das Zureden seines Mitknechts that er den Teller unter das Messer und richtete des letztern Spitze in die Höhe. Gegen Mitternacht warf sich wieder etwas auf ihn; es war, wie sich gleich nachher zeigte, die Bäuerin selbst, welche sich dabei in das Messer gestürzt und getödtet hatte. Nun erkannte er, daß sie, eine Hexe, ihn seither so geplagt habe, und daß er jetzt, wenn er ihren Rath befolgt hätte, statt ihrer todt gestochen wäre.

149.

Hexenstein.

Auf dem Berge L i n d h e l l e bei Gamburg versammeln sich in der Walpurgisnacht die Hexen und tanzen auf einem Felsen, welcher davon der H e x e n s t e i n genannt wird.

150.

Hexe als Gans.

Vor mehreren Jahren sah der Nachtwächter zu Wertheim, Nachts um zwei, neben sich eine Gans auf der Straße laufen. Er fing sie und nahm sie mit in die Wachstube, wo er sie unter die Bank sperrte. Am Morgen lag, statt der Gans, eine Wertheimer Frau da, die, wie sich nun zeigte, mit Recht schon für eine Hexe gegolten hatte.

151.

Goldene Kugel.

Die elfjährige Angelika Brand in Freudenberg erzählte:

»Am dreizehnten August dieses Jahres[14], einem Sonntage, ging ich, Nachmittags gegen drei Uhr, mit zwei Gespielinnen und einem kleineren Buben auf das hiesige wüste Bergschloß. Beim viereckigen Thurme setzten wir uns nieder, und auf einmal kam, etwa fünfzehn Schritte von uns, eine glänzende Goldkugel aus dem Boden, die größer als eine Kegelkugel war. Sie wälzte sich langsam her und blieb vor unsern Füßen liegen. Wir Mädchen sahen sie deutlich; der Bube aber konnte sie nicht erschauen, obgleich wir mit Fingern auf sie hinwiesen. Da wir aus Angst anfingen, zu schreien, rollte die Kugel wieder langsam zurück und versank auf dem Platze, wo sie hervorgekommen war.«

[14] 1854.

152.

Hexe als Löwe.

Als einst in Aschaffenburg die Leichenfrau um Mitternacht von einer Verstorbenen heimging, sah sie, in einer engen Gasse, einen fürchterlichen Löwen mit aufgesperrtem Rachen herankommen. Sie hielt das geweihte Kreuz, welches sie Nachts mitzunehmen pflegte, ihm entgegen; allein er sprang auf sie los, worauf sie ihm das Kreuz in den Rachen stieß. Da verwandelte sich der Löwe in ein altes, nacktes Weibsbild, das auf allen Vieren lief und hinten, statt des Schwanzes, einen Kochlöffel hatte.

153.

Heiligenfrevel bestraft.

Im Jahre 1848 machten die Hammelburger in einer Scheuer einen Strohmann mit einem Stabe in der Hand, trugen ihn unter dem Spottgeschrei: »Das ist der Papst!« durch die Straßen und verbrannten ihn zuletzt vor dem Thore. Fünf Jahre nachher verkündete eine durchziehende Zigeunerin: zwischen Ostern und Pfingsten des folgenden Jahres werde die Stadt an allen vier Ecken brennen. Deßwegen vor den Landrichter geführt, sagte sie ihm: so gewiß werde ihre Vorhersagung wahr, als er sechsunddreißig Kreuzer bei sich habe. Da er nachsah, hatte er auch gerade so viel Geld in dem Beutel. In der bezeichneten Frist brach dann in derselben Scheuer und am gleichen Tage, wo der Strohmann gemacht worden war, eine Feuersbrunst aus, die fast ganz Hammelburg in Asche legte und so dessen Heiligenfrevel schrecklich bestrafte.

154.

Wie Ochsenfurt sein Wappen erhielt.

Als einst ein vornehmer Herr in Ochsenfurt einfuhr, stand am Thore ein Ochs, der gerade seinen Koth fallen ließ. Hierüber erzürnt, ließ der Herr das Thier der Breite nach mitten entzwei hauen, und veranlaßte dadurch, daß die Vorderhälfte eines Ochsen das Wappen der Stadt wurde.

155.

Der Radstein.

Ein Bamberger Wagner war die Wette eingegangen: er wolle vom Aufgange bis zum Untergange der Sonne einen Baum fällen, daraus ein Rad ohne Reif machen und es noch bis Würzburg rollen. Schon hatte er mit dem so gefertigten Rade das Kloster Ebrach zurückgelegt, aber zwischen diesem und Breitbach fiel er vor Erschöpfung nieder und starb, während das Rad noch eine Strecke allein fortrollte und dann zersprang. An der Stelle, wo der Wagner umgefallen, steht ein Stein mit einem ausgehauenen Rade, welcher der Radstein genannt wird.

Berichtigungen.

Hauptwerk.

Seite VI (im Inhaltsverzeichniß) Zeile 1 von unten lese
    man Sonnabends, statt Sonntags.

S.   15 Z. 18   von oben lese man ruchtbar, statt
    ruchbar.

„   33 „ 4   „ „ „ „ Kuchenacker, statt
    Kuchengarten.

„   74 „ 8   „ unt. „ „ d'Mauren, statt
    Mauren.

„   147 „ 5 u. 6. v. u. „ „ Mariabild, statt
    Vesperbild.

„   155 „ 12   von oben „ „ Schaubhut, statt
    (des provinziellen)
    Schabhut.

„   174 „ 12 u. 13 v. o. „ „ Burgstadel, statt
    Platz des
    Burgstadels.

„   193 „ 6   von unt. „ „ Namen, statt
    Nachen.

„   229 „ 7   „ „ „ „ Schaubhut, statt
    Schabhut.

„   241 „ 6   „ oben „ „ Beherbergung,
    statt Beherbung.

„   242 „ 2   „ unt. „ „ Gold, statt Geld.

„   351 „ 1   „ oben „ „ Leuten, statt
    Leute.

„   373 „ 19 u. 20 v. o. „ „ das
    Michelskirchlein

auf der Höhe, das
zuerst gebaut
wurde, statt: das
Michelskirchlein,
das auf der Höhe
zuerst gebaut
wurde.

Wie man sieht, betreffen diese Berichtigungen weniger Druckversehen, als Irrungen beim Sammeln und Schreiben der Sagen.

Baader.